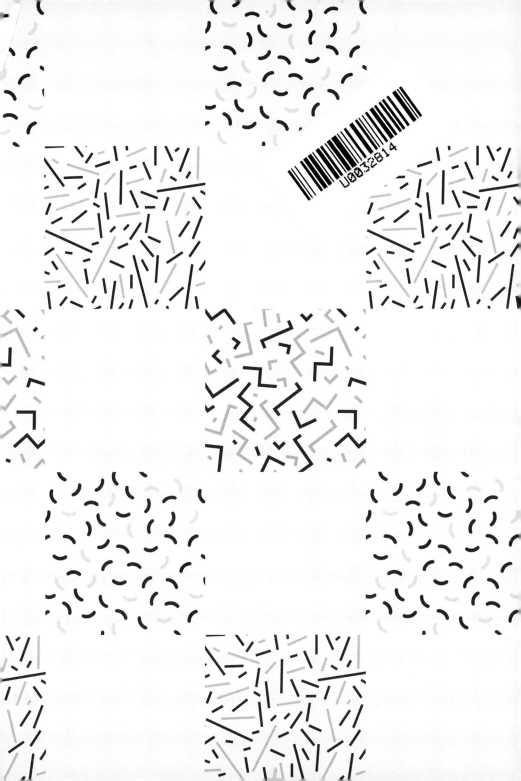

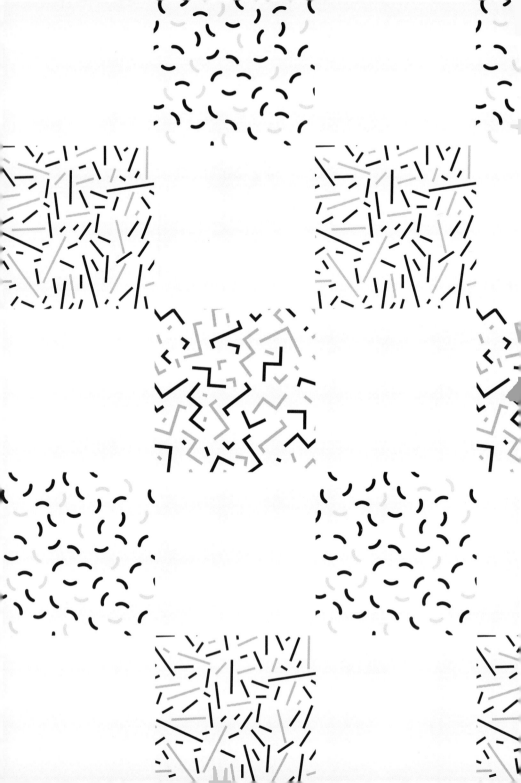

文章寫得又快又好

九宮格寫作術

「9マス」で悩まず書ける文章術

山口拓朗 著

黃詩婷 譯

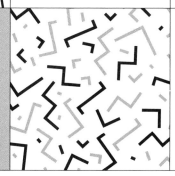

善用天性幫你寫出好文章

「我希望寫作時能完全不用煩惱、下筆如有神助。」

「我想把腦袋裡的東西整理後再寫出來（但寫不出來）。」

「我想有邏輯地將自己想講的東西，寫成能表達意思的文章。」

拿起這本書的你，應該有以上這些煩惱吧？為了讓有這些煩惱的人，能「無痛免煩惱」地寫出文章，本書將仔細告訴大家撰寫文章的祕訣。

話又說回來，人們為什麼覺得自己不擅長寫東西呢？

其中一點就是「太過在意他人目光」。

如果「希望大家能好好讀」「想寫出很帥氣的文章」之類的想法過於強烈，反而很容易遺漏重要的東西；而所謂「重要的東西」，指的就是作者的想法與心情。

不論是專業作家、撰稿人或很受歡迎的部落客，甚至是你身邊的張三李四，**越是會寫文章的人，通常越能好好面對自己的想法和心情，並將這些東西做為「資訊」輸出**，也才能寫出吸引他人的文章。

話雖如此，正視自己的想法與心情可是非常辛苦的。因此本書要介紹的，就是讓這項工作變得比較輕鬆的方法：只要使用九宮格，就可以輸出自己的意見、將此升級為資訊，並且向外傳播。只要活用這個方法，就能迅速篩選出非寫不可的資訊，

再以文章的形式來表現就可以了。如此一來，也就能揮別「寫不出來」的煩惱。

至於為什麼要使用九宮格？這是因為**人類都有「看到格子就想填滿」的天性**。而使用九個格子的原因，在於就過濾撰寫文章所須資訊的工具來說，只有四格或六格顯得有些不足；但要是使用十二格或十六格，光是要填滿就很辛苦了，對許多人來說，八成會雙手一攤，宣告放棄。因此，九個格子可說是剛剛好的選擇。

九宮格之所以非常實用，是因為從「資訊蒐集」到「訊息整理」「文章撰寫」的所有步驟與流程，都可以包括在其中；而且只要把關鍵詞寫出來，就能**讓原本有如霧裡看花的模糊訊息一一攤開在眼前**。如此一來，自然不用煩惱「到底該寫什麼」。

當然，本書也會詳細解說關於「如何下筆」的各種技巧，尤其是第四章所介紹的文章模版，對不知該如何組織文章（起承轉合）的人來說，也能有所助益。

另外，本書還會介紹相應的訣竅，讓大家知道在這個網路及社群媒體的全盛時期裡，該如何輸出資訊。**只要學會撰寫商業文書與個人心得的技巧，你的人生風景想必也會大大改變。**

所謂的「撰寫文章」，其實就是對話；既是與閱讀文章的人交流，也是與自己面對面。請各位善用九宮格，享受各式各樣的對談吧。

接下來，就讓我們展開活用九宮格之旅吧。

CONTENTS

第 1 章

如何變身文章高手？
──「九宮格 × 自問自答」助你輕鬆達成！

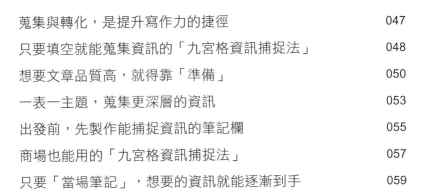

第 2 章

如何蒐集高品質素材？
——「九宮格資訊捕捉法」登場

第 3 章

用「禮物」為概念
雕琢文章

第 4 章

如何快速寫好文章？
──最強的「萬用模版」

第 5 章

第一步就從
社群網站開始

第 6 章

打造「書寫腦」的
文章練習

第 1 章

如何變身文章高手？
──「九宮格 × 自問自答」助你輕鬆達成！

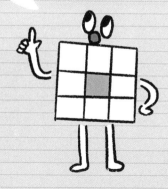

文章要好，
不過分在意他人目光是訣竅

〈序言〉裡提到，對撰寫文章有所抗拒的人，多半是「因為過於在意他人目光」。為了讓各位藉由本書更加享受撰寫文章的樂趣，我想再多挖掘、思考關於「寫不出來」的深層理由。

在我開設的寫作班裡，學員們最常提及的想法包括：

· 想知道有沒有寫文章的「標準做法」？
· 不太願意表現出與他人不同之處（例如意見或想法）
· 害怕遭人否定或批評
· 羞於說出自己的想法

事實上，不論哪一項，都是因為「太在意他人目光」導致的。與其說這是個人的問題，不如說因為我們所受的教育總是要求「正確答案」、規定大家得在隊伍裡排得整整齊齊的，才讓人產生這樣的想法。最重要的是，你必須了解，和其他人寫一模一樣的文章是「沒有優勢」的。

如果想把文章寫得更好，首先請閱讀以下訊息：

· 關於文章的寫法，並沒有標準答案
· 文章的價值，在於展現出與眾不同的意見或想法
· 遭人否定與批判，才有辦法獨當一面
· 說不出自己的想法（或不說出口）才令人羞愧

用一句話總結，就是「不要太在意他人目光」。這或許有些讓人難以想像，不過只要你接受了這個想法，**就能在瞬間具備書寫文章的力量**。

　　也就是說，目前為止，你之所以認為自己「寫不出來」「不擅長寫文章」「討厭寫文章」，**問題多半出於自己的內在層面**；一腳踩著「想寫文章」的油門，一腳卻又踏著「寫文章很可怕」的剎車，這樣一來，當然不可能前進。不管是車子或人都一樣，這麼做絕對會導致故障。

　　十八世紀的法國博物學家布豐曾說「見文如見人」，意思是「只要看了文章，就知道作者的人品」。**如果想表現出自己生而為人的魅力（同時也希望他人理解的話），寫作時不虛偽、不矯飾是最重要的**。

　　目前為止，我遇過許多終於能放開剎車，踏上寫作之路，後來也在社群網站上發布文章的人。

　　最讓我覺得有趣的是，一旦**習慣誠實寫出自己的意見與想法，整個人的表情就會彷彿改頭換面般閃閃發亮**。我想這是因為他們開始變得有自信，且隨著自信提升，言詞也變得更有力，文章所引發的迴響也越來越廣，結果就是粉絲變多了。

　　如果你重視「個人風格」、希望自己的文章能打動人心，並想將「某些東西」傳達給其他人，就應該**養成一個習慣：正視自己的意見、毫不猶豫地訴諸文字**。

　　接下來我會一一說明撰寫文章的方法，還請各位一讀，我想應該能找到幫助你寫出自我風格的方式。

要有「資訊」和「感受」，文章才有人讀

接下來，我們馬上來學習如何寫文章吧。

某天，你突然想到：「哪裡有好吃的拉麵店呢？」於是開始在網路上搜尋，於是發現了以下的文章。

文章 1

> 我在飯田橋的「小圓拉麵屋」吃了拉麵。很好吃。

搜尋了一會兒，又看到另一篇文章，非常吸引你。

文章 2

> 今天去了位於飯田橋的「小圓拉麵屋」，吃了一碗極品豚骨拉麵。湯頭以豬大骨仔細熬煮三天而成，非常濃郁；配料裡的豆芽菜也十分爽脆順口。加上些許由店家推薦的柚子胡椒後，更能吃到帶有清爽酸味的全新口感。

這兩篇文章都是由你不認識的人所寫。

如果附上的拉麵照片都一樣，你比較想吃哪一碗？我想一定是文章 2 所寫的拉麵吧。

換句話說，**會讓人想閱讀的文章，是由能吸引人的具體「資訊」和「書寫者的感受」結合而成的。**

不擅長寫文章的人，他們的文章裡通常都欠缺了其中一種。

只顧著寫自己想寫的，卻完全無法抓住閱讀者的心思，讓文章就這麼從對方眼前一閃而過……結果可想而知。

當然，有「忽然想寫些什麼」的念頭並不是壞事。在這個「全民皆記者」的時代，人們有部落格、IG、推特、臉書……等媒介，一想到什麼，馬上就能自由展現出來的平臺非常多。一看到什麼發人深省的文章，產生「我也想寫些什麼」的心情也是很自然的。

但如果你並不是意見領袖或知名度很高的人，**那麼訓練自己將具體的「資訊」與「感受到的事物」結合在一起寫出來，**是首先要做到的。

假設你想烹煮一道美味料理，應該會先去翻食譜吧。大致上看過做法和步驟、準備好需要的食材，才會開始做菜。

寫文章也一樣。**要寫出品質優良的文章，首先不可或缺的，就是材料的準備（資訊）。**接著，為了寫出內心的感受，「自我提問」和「自我回答」便顯得非常重要。

既然都花時間來寫了，應該還是想寫出「有人讀」或「能表達意念」的文章吧？

活用「大腦慣性」，
下筆如有神助

越懂得提問的人，越能寫出引人入勝的文章。

事實上，優秀的記者或撰稿人都知道，高品質的提問，能帶來一篇讓人傳讀不輟的文章。因此，為了了解什麼樣的提問能讓受訪者的回答更充實，他們會在訪談進行前反覆模擬。

有一個說法是，人類每天大約會做出九千次決定；而這些決定所對應的，應該就是九千個提問吧。這樣看來，**我們其實是「在腦內自問自答的專家」**，當然要好好活用這項特點才行。意思是，只要懂得如何提問，所有人都能毫無窒礙地寫出表達自我意念的文章。

以下為各位介紹一個範例。

文章 1

> 我今天中午去吃了豚骨拉麵。

舉例來說，你在推特發了這項動態。你認為，之所以會寫這段文字，是因為產生了什麼樣的提問？請稍微思考一下。正確解答的範例請看提問 1。

提問 1　你今天中午吃了什麼？

文章 1 的「我今天中午去吃了豚骨拉麵」，應該就是丟出提問 1 後所得到的回答。

前面提過，人類會很自然在腦中進行自問自答。雖然現在請大家根據文章 1 的內容來思考背後的提問，但事實上，無論是誰，應該都會在腦中以非常快的速度下意識進行這項作業。

那麼在文章 1 後面，應該再寫些什麼才好呢？

如果能再多增加一些訊息，像是用餐的店名、地點或餐點名稱之類的，讀者應該會比較開心吧？如果想獲取這些資訊的話，你能想到哪些提問？

提問 2　那碗豚骨拉麵是在哪裡吃的？

理所當然會出現這類問題，而答案當然就是「飯田橋」「小圓拉麵屋」等地點或店家名稱對吧？將這些資訊加進文章 1 裡，就能寫出如文章 2 的內容。

文章 2

今天中午，我到位於飯田橋的「小圓拉麵屋」吃了碗豚骨拉麵。

這時候，並不需要想著「要是能寫得好一些……」之類的問題。只要能不斷對自己提問，自然而然就能一一蒐集到好的素材，並在絲毫不覺煩惱的情況下寫出文章。

另外，就算目前並沒有自問自答的習慣，只要把這件事情放在心上並加以實踐，一定能夠辦到。

千里之行，始於足下。

首先，就從自己做得到的事開始吧。

以「九宮格自問自答法」蒐集優質素材

　　一下子要求「透過自問自答寫出文章」，我想應該有人會覺得「我不習慣這麼做，感覺好難喔」。

　　在這裡，我要推薦「九宮格自問自答法」給這些人。

　　這個方法將使用九個格子來進行自我訪談，並由自己提出答案。

　　將腦中所想的事情訴諸文字，就是所謂的「資訊視覺化」。這項作業可以讓人們在無痛的情況下寫出好文章。

　　或許有些人覺得「九個格子很多」，但只要和自己約好「至少要想到九個提問」，就能提升大腦的靈活度。而且只要事先決定好要填滿的格子數量，就能連帶提升「想書寫（想填滿）」的心情。

　　換句話說，九宮格是用來提升大腦能力的好用工具。

　　接下來，我們再針對前面關於豚骨拉麵的文章 2 多思考一下吧。該問些什麼問題，才能蒐集到更吸引人的資訊？

　　那碗拉麵的外觀看起來如何？喝了一口湯之後，感受又如何呢？

　　請大家盡量發揮自己的想像力吧。至於自我提問的範例，如下頁表 1-1 所示。

表 1-1　自我提問範例：午餐所吃的豚骨拉麵

自我提問 1 今天中午吃了什麼？	自我提問 2 是去哪裡吃的？	自我提問 3 和誰一起吃？
自我提問 4 拉麵的外觀 看起來如何？	自我提問 5 湯頭的口味或 口感如何？	自我提問 6 拉麵的配料有哪些？
自我提問 7 其他還有什麼特徵？	自我提問 8 目前為止吃過的拉麵中， 這碗大概排第幾名？	自我提問 9 滿足的程度 大概有多高？

各位覺得如何呢？在動手書寫前，先思考這九個問題是很重要的步驟。不需要馬上就寫出文章，而是要先**思考相關的提問，並藉由回答這些問題，蒐集書寫所需要的資訊。**

　　表 1-1 的回答範例如下頁的表 1-2。

　　表 1-2 只是其中一種範例，絕對不是「非這樣寫不可」的固定解答。而且這裡要告訴大家的並不是「怎麼寫」，而是「過濾資訊」這項工作本身的重要性。

　　另外，雖然我們已在表 1-1 列出九個自我提問的範例，但這是為了讓讀者容易理解所做的安排——進行九宮格自問自答法的時候，不用先將所有的問題都寫出來，依「自我提問 1 →回答」「自我提問 2 →回答」的順序來進行較理想。這是由於根據剛剛回答完的問題，下一個提問也會產生改變的緣故。請務必嘗試看看。

表 1-2　自問自答範例：午餐所吃的豚骨拉麵

自我提問 1 今天中午吃了什麼？	自我提問 2 是去哪裡吃的？	自我提問 3 和誰一起吃？
豚骨拉麵	位於飯田橋、一家叫「小圓拉麵屋」的店	和公司同事小林及佐藤
自我提問 4 拉麵的外觀 看起來如何？	自我提問 5 湯頭的口味或 口感如何？	自我提問 6 拉麵的配料有哪些？
麵湯是褐色的，配料多到連麵都看不到。上桌時熱氣騰騰的，讓人食指大動	豚骨與海鮮湯頭給人非常濃郁的感覺，但喝起來還滿清爽的	有豆芽菜、叉燒和溏心蛋。替味道畫龍點晴的則是柚子胡椒
自我提問 7 其他還有什麼特徵？	自我提問 8 目前為止吃過的拉麵中，這碗大概排第幾名？	自我提問 9 滿足的程度 大概有多高？
偏粗的捲麵很彈牙，也很有存在感。最後放在麵上的紫蘇增添了清新風味，很棒	第三名吧	95 分，大概是一週會想吃一次的程度

用「基礎問題」蒐集資訊，
用「鏟子問題」向下深掘

　　除了利用九宮格輸出資訊，若想寫出能表達個人意念的文章，「提問的方式」也很重要。

　　提問大致上可分成兩類：「基礎問題」和「鏟子問題」。基礎問題可用來蒐集與文章主題相關的基本素材（資訊）；「鏟子問題」則可用來蒐集更具體的訊息。

　　首先來看看基礎問題。

　　它是撰寫文章時不可或缺的重要問題。舉例來說，明明是個旅遊部落格，但如果完全不寫去了哪些地方，豈不是故意讓讀者白白花時間點閱嗎？這就是因為在寫文章前，連「去哪裡旅行？」這種基本問題都沒想到的緣故。

自我提問 1　旅行地點是哪裡？
自我回答 1　義大利米蘭

　　像這樣帶出旅行地點的自問自答，仍是不可或缺的。

　　另一方面，如果只有基礎問題，文章就會變得一點也不有趣，而且總覺得好像少了點什麼。理由在於，基礎問題所得到的答案全都是「事實」；換言之，只回答了基礎問題的文章，等於只寫出了「單純的資訊」。

　　這時候，我們需要的是「鏟子問題」。

　　請把重點放在「這裡比較重要！」「挖掘此處似乎非常有趣！」的地方，就像用鏟子向下挖，能使底下的東西越來越清

晰、越來越具體，如此一來，**文章就更容易產生深度與廣度。**

　　如果覺得即使繼續向下挖，似乎也不會發現什麼有趣的事情，就不需要勉強再挖下去。請以訪問自己的心態來思考這些問題。

　　那麼，具體上來說，基礎問題應該問些什麼呢？我們先試著從前面提到的九個問題裡挑選吧。只要能將「用來蒐集基本素材（資訊）的問題」這個概念放在心上，很自然就能分辨出來。基礎問題包括以下幾項：

自我提問 1　今天中午吃了什麼？
自我提問 2　是去哪裡吃的？
自我提問 3　和誰一起吃？
自我提問 6　拉麵的配料有哪些？

　　另一方面，「鏟子問題」又是哪些呢？

自我提問 4　拉麵的外觀看起來如何？
自我提問 5　湯頭的口味或口感如何？
自我提問 7　其他還有什麼特徵？
自我提問 8　目前為止吃過的拉麵中，這碗大概排第幾名？
自我提問 9　滿足的程度大概有多高？

　　你能否分辨出基礎問題與鏟子問題的相異之處？

　　這件事非常重要，因此我再重複一次：基本問題所問的是「事實」，所以得到的答案有一定的模式。

另一方面，鏟子問題會根據回答者的觀點或感受等不同而有大幅差異。若說鏟子問題的回答會決定文章書寫的難易度，可一點也不為過。

　　因此建議大家，凡是想寫好文章，就必須將「**讓人想盡可能具體回答的提問**」放在心上。

　　舉例來說，請比較看看下面的提問 A 與提問 B。

　　提問 A　湯頭的口味或口感如何？
　　提問 B　覺得拉麵如何？

　　提問 A 非常具體。因為問的是「湯頭的口味或口感」，因此可以非常直接回答出自己所感受到的事情。

　　提問 B 又如何呢？或許你認為這畢竟是自我提問，只要問個大概，應該就能回答出來。但如果拿這個問題去問初次見面的人，又會得到什麼回答呢？對方大概只能模糊地回應「欸……還滿好吃的啦」，就無法提供更多訊息了。如此一來，對話無法延伸下去，要寫出能引起讀者興趣的文章，難度就會變高。

　　答案的品質會受提問的水準左右。

　　粗略的問題會讓答案變得很模糊；另一方面，提問若是非常具體，那麼答案也會很細緻。如果想寫出足以表達個人意念的文章，那麼**提出具體的問題**，便是首先要注意的。

活用「7W3H」，
提問超輕鬆

對「不擅長提問」的人來說，首先要增加的是「問題抽屜」。這時候，就輪到「7W3H」大顯身手了。我們可以說，幾乎所有的問題都可以用這套工具來涵蓋。

7W3H
Who（誰／負責、分擔、主體）
What（什麼事／目的、目標、內容）
When（何時／期限、時期、日期、時間）
Where（哪裡／場所、目的地）
Why（為什麼／理由、根據）
Whom（對誰／對象）
Which（何者／選擇）
How（如何／方法、手段）
How many（多少／數、量）
How much（多少／金額、費用）

想不出問題的時候，請參考以上列出的「7W3H」來發想吧。只要積極地使用「7W3H」，就能順利增加問題抽屜，書寫文章所需要的資訊也就能自然增加。

文章想要吸引人，
不可沒有 Why

　　在剛才介紹的「7W3H」當中，最常使用的就是「Why（為什麼）」。「Why」是用來問出理由、根據與動機的工具，能讓我們更靠近事物的核心，可說是「鏟子問題」中最具代表性的一種。

　　「Why」的使用方式如以下的例子：

提問 1　為什麼想搬家？
提問 2　為什麼喜歡科幻小說？
提問 3　為什麼喜歡秋天？
提問 4　為什麼想用水肺潛水？
提問 5　為什麼選擇那份工作？
提問 6　為什麼喜歡白色衣服？

　　只要回答各式各樣的「為什麼」，就能逐漸發現事物的本質。而在大多數情況下，對讀者來說，這些本質正是最讓人深受吸引的部分。

　　接下來，請試著使用「Why」，讓對話更具深度吧。假設你正考慮換工作，並打算將這件事整理一下寫在部落格裡。這時候，該問哪些問題才能蒐集到有效的資訊？請稍微思考一下。

自我提問 1　為什麼想換工作？
自我回答 1　希望獲得更高的薪資。
自我提問 2　為什麼薪水高一點比較好？
自我回答 2　兩個孩子的教育費用開銷很大。
自我提問 3　為什麼想在孩子身上花這麼多錢？
自我回答 3　希望能讓他們接受品質優良的教育，拓展將
　　　　　　來的可能性。

　　想以「轉職」為主題來寫文章時，理由若只寫了「希望獲得更高的薪資」，會給人一種「好像少了點什麼」的感覺，最好再加上一些更能接近核心的資訊。

　　在這裡，我們透過「為什麼」來挖掘更深一層的理由，並發現書寫者的本意其實是想拓展孩子未來的可能性。

　　再試著舉另外一個例子來思考。

　　假設你喜歡去水族館，而你想將水族館的魅力寫在部落格上告訴大家，那麼應該問哪些問題才好呢？

　　一樣使用「Why」來發問吧！

自我提問 4　你喜歡做什麼呢？
自我回答 4　我喜歡去水族館。
自我提問 5　為什麼喜歡去水族館？
自我回答 5　因為我非常喜歡看魚群聚在一起游泳的樣子。
自我提問 6　為什麼喜歡看魚群聚在一起游泳的樣子呢？
自我回答 6　因為魚兒們不但像排隊般整整齊齊的，游泳
　　　　　　的姿態又很優雅，非常帥氣。我經常因為太
　　　　　　感動而忘了時間。

有些人可能會覺得：「喜歡看魚群聚在一起游泳的樣子？好奇怪喔！」然而不論這個理由是否讓人感到不解，這都是書寫者自己的想法。事實上，我們甚至可以說，**理由越是讓人覺得奇怪，將它寫成文章的價值就越高**。原因在於這個理由可以帶出書寫者獨特的一面。

而將這件事情實際寫成文章後，更能忠實呈現出這個面向。

文章 1

我喜歡去水族館。

文章 2

我非常喜歡看魚群聚在一起游泳的樣子。有些魚兒們的動作甚至整齊到簡直就像排隊一樣，讓人忍不住覺得：「牠們該不會還為了今天的表演特別練習過吧？」牠們的樣子實在太帥氣了，真的好感動！我經常這麼看到入迷，甚至忘了時間。

各位覺得如何呢？只要繼續向下挖掘，就能寫出像文章 2 這樣、將個人感受傳達給讀者的文章。

自問自答時，不需要在意他人的目光，更不必思考「這件事情說出來會不會很奇怪？」之類的問題。

請誠實說出自己的感受吧。只要反覆練習，就能讓文章更具有獨特性，也更容易抓住讀者的心。

有了 How，
讀者才會開心叫好

　　對於深掘話題來說，用來清點手段及方法的「How（如何）」，也是非常有效的工具。**對讀者來說，透過「How」來展現方法及手段的文章更能帶來益處。**

提問 1　那道料理是如何製作的？

提問 2　想創業的話，應該如何準備？

提問 3　你是如何準備考試的？

提問 4　想去那裡的話，該如何選擇路線？

提問 5　那個問題是如何解決的？

　　接著，我們實際上思考一下。

　　你想瘦下來，於是在飲食上花了點工夫。過了兩週，順利瘦下兩公斤，你簡直高興到不行。假設你想寫點什麼來表達自己的喜悅，這時候，應該問哪些問題才好？提問的範例如下：

自我提問 1　最近有沒有讓你開心的事情？

自我回答 1　我兩星期內瘦了兩公斤。

自我提問 2　你是如何瘦下來的？

自我回答 2　三餐盡量少吃白飯和配菜，以高麗菜湯為主，基本上只吃蔬菜。

　　我想對許多人來說，「兩週內成功瘦下兩公斤」多少很令人在意。但如果像下面的文章 1 這樣，只是單純表達出事實，

讀者應該會覺得好像少了點什麼吧。這是因為大家都很想知道怎麼做才能順利減重，但書寫者竟然沒有寫出來。因此，如果能寫出「自己是如何瘦下來的」，讀者一定會（或頗為）滿足。

文章 1

> 我兩個星期內成功瘦下兩公斤。

文章 2

> 我花了兩個星期，成功減重兩公斤，這都要歸功於以高麗菜湯為主的蔬食生活。在這兩星期裡，我盡量少吃白飯和配菜，持續多吃蔬菜。

　　我想大家應該都能理解，對讀者有利的內容，應該是像文章 2 這樣，具體寫出自己的瘦身方法。不論是「瘦身法」「預約的方法」或「購買的步驟」……針對讀者想知道的方法或手段，可以活用「How」來一一整理出撰寫文章所需要的資訊。

好好面對自己，
就能順利踏上寫作之路

也許有人會問：「就算我想得出問題，也沒辦法找出非常適合的答案。」真是這樣的話，應該如何是好呢？

之所以「沒辦法找出答案」，很有可能是不知道該如何回答，才能獲得書寫文章需要的資訊，也不知道這些資訊有哪些種類的緣故。

只要知道答案（資訊）分成哪幾種，就會更容易答得出來；而所謂的「資訊」，可以分為存在於內心的「內部資訊」，以及位於自己以外環境裡的「外部資訊」兩種。

「內部資訊」是指：
· 自己的想法
· 自己的情感
· 自己的發現
· 自己的五感
· 自己的意見
· 自己的主張
· 自己的點子
· 自己的體驗
· 自己的價值觀
· 自己的信念

「外部資訊」是指：

· 媒體資訊（書籍、雜誌、網路）
· 該場所具備的資訊（現場或運用五感所蒐集到的）
· 個人具備的資訊（來自朋友或該方面的專家等）
· 行動後獲得的資訊（研究、實驗、調查結果）

　　所謂的「內部資訊」是指由你本人所發出的資訊，包括自己的情感和思考等，也可說是必須面對自己才能發現的訊息。

　　舉例來說，像是吃拉麵時湧現的喜悅、工作失敗時感受到的悔恨、閱讀書籍或雜誌時獲得的驚喜等等，將這些情緒化為文字的樣貌，就是內部資訊。

　　當然，用「不是很清楚」或者「非常有趣」等簡略的句子來回答，的確很輕鬆沒錯，但這麼一來，不論過了多久，文章寫作的能力都不可能提升。**唯有好好面對自己，我們才有可能踏上寫作之路。**

　　以下面的文章為例，你覺得讀起來如何呢？

文章 1

> 犯錯的那瞬間，我真的懊悔到無以復加，但不知為何，過了幾分鐘後，反而覺得神清氣爽，心裡想著「下次再加油吧」！

　　將複雜的心境坦率地表述出來，就能展現出書寫者的個性和品格，而且也唯有本人才能提取個人的內在資訊。各位可以**養成記錄自己日常感受之類的習慣**，並隨時將「面對自我」放

在心上。

　另一方面，自我回答時，也經常需要「外部資訊」的協助。舉例來說，想寫關於「馬拉松」的事情時，若無法光靠自己既有的知識蒐集到書寫所需要的資訊，就必須由外部輸入。

- **閱讀相關書籍及雜誌**
- **檢閱相關新聞**
- **檢視網路上的資訊**
- **向了解的人詢問**

　輸入資訊的方法如上所示，十分多元且豐富。

　如果只依靠手邊少得可憐的資訊，到最後所寫出的就是一篇缺乏說服力的「淺碟文章」或「錯誤百出的文章」。為了從各式各樣的來源獲得適當的資訊，不斷進行自問自答是有必要的。

　以馬拉松的例子來說，在蒐集許多「外部資訊」後，書寫者自己也會產生對馬拉松的獨特意見或主張。因此，「**外部資訊**」同時也有引發「**內部資訊**」的功能。

空格填滿後，
文章幾乎已成形

　　透過自問自答法填滿九宮格後，接下來就該動筆寫文章了。

　　一開始，先試著將所有蒐集到的資訊全部寫進文章裡吧。

　　主題和所舉的例子一樣，是「我最推薦的拉麵」。我們將自問自答所蒐集到的資訊（見表 1-2）重新排列在下面：

自我回答 1　豚骨拉麵

自我回答 2　位於飯田橋、一家叫「小圓拉麵屋」的店

自我回答 3　和公司同事小林及佐藤

自我回答 4　麵湯是褐色的，配料多到連麵都看不到。上桌時熱氣騰騰的，讓人食指大動

自我問答 5　豚骨與海鮮湯頭給人非常濃郁的感覺，但喝起來還滿清爽的

自我回答 6　有豆芽菜、叉燒和溏心蛋。替味道畫龍點睛的則是柚子胡椒

自我回答 7　偏粗的捲麵很彈牙，也很有存在感。最後放在麵上的紫蘇增添了清新風味，很棒

自我回答 8　第三名吧

自我回答 9　95 分，大概是一週會想吃一次的程度

　　這些資訊大致上可以分為兩大類：「事實」與「自己感受到的事情」。

　　事實有哪些呢？我想應該是第 1、2、3、6 項，至於其他的答案都是「自己感受到的事情」。接下來，我們將這些「事實」

和「自己感受到的事情」好好組合一下，試著寫一篇文章吧。

文章 1

> 　　今天中午，我和公司同事（小林及佐藤）一起前往位於飯田橋的「小圓拉麵屋」去吃豚骨拉麵。店家送上來的拉麵有著褐色的湯頭，配料則堆得像山一樣高，熱氣騰騰的，令人食指大動。豚骨加上海鮮的湯頭給人非常濃郁的感覺，喝了一口後卻覺得非常驚訝，因為比想像中來得清爽許多。厚度十足的叉燒、滑嫩的溏心蛋，和替味道畫龍點睛的柚子胡椒都非常不錯。麵條是中等偏粗的捲麵，除了非常彈牙，在口中的分量感也無可挑剔。對了，最上面有裝飾整碗麵的紫蘇，增添了清新的風味，讓口味更棒。在我自己吃過的拉麵當中，我想這家大概是第三名吧；如果要我打個分數，那就是 95 分。可以的話，這家店會是我每週都想吃一次的店家。

　　只要使用填在九宮格裡的資訊，就能寫出這樣的文章。從某方面來看，這不過是把自我回答的內容通通排在一起而已。然而就像這樣，只要好好進行自問自答，很自然能做好書寫文章的準備。

以熱情書寫，
用冷靜修改

　　正如前面所介紹的文章 1，撰寫文章的時候，首先要記得：盡量把所有資訊都放進去再說。我稱之為「以熱情書寫」。在這個階段，並不需要苛求極高的完成度，但是有兩件事必須放在心上：

一、將所有資訊毫無遺漏地寫出來
二、一口氣寫完

　　第一項「將所有資訊毫無遺漏地寫出來」，是指盡可能將自問自答的內容全都放進文章裡。當然，如果在撰寫的過程裡產生新的自問自答，並獲得新的資訊，也一樣要放進文章當中。

　　但另一方面，將所有資訊滴水不漏全放進去的文章，很容易變得太過冗長。尤其是當撰寫者想傳達的意念非常強烈時，更容易發生這種情況。

　　因此，寫完後，務必要從頭到尾再讀幾次，進行「推敲（重整）→修正」的編輯作業，我稱為「用冷靜修改」。對提高文章精緻度來說，這項作業是不可或缺的。以「冷靜」修改的時候，請務必把以下兩點放在心上：

一、刪去那些就算沒有，文章仍能很通順的資訊
二、打造順暢的文字流

冷靜修改第三七頁的文章 1 後，就成了下面的文章 2：

文章 2

　　今天我和公司同事共三人一起去吃豚骨拉麵。我們去了位於飯田橋的「小圓拉麵屋」。湯頭是豚骨加上海鮮，感覺非常濃郁，口感卻意外地非常清爽。厚實的叉燒肉、滑嫩的溏心蛋，以及幫味道畫龍點睛的柚子胡椒都十分美味。麵條是咬勁與彈牙兼具的中粗捲麵，口感自是不在話下，在嘴裡也很有存在感。在我吃過的拉麵裡，這一碗足以排進前三名。要評分的話，我給 95 分！是一間每星期都想來吃一次的店。

　　從一開始寫好的文章裡篩選出需要的資訊，再將表現方式調整成更適合的狀態，就能成為一篇較緊湊的文章。

　　以冷靜修改的時候，若是發現「加進這些訊息也許更好」或「這部分的資料似乎有些不足」的狀況，請隨機應變補上需要的資訊。以冷靜修改時，增刪的比例保持在「刪除多餘語句：補充不足處＝七：三」較佳，這一點還請注意。再怎麼說，如果「以熱情書寫」這個階段就能寫得很成功，要追加的內容應該沒有那麼多才是。

一、自問自答
二、使用自問自答蒐集到的資訊，以「熱情」書寫文章
三、為了琢磨文章，用「冷靜」修改

按這三個步驟進行，正是撰寫文章的大原則。尤其是自問自答，更是最關鍵的一步。如果想提高寫作的品質，就應該根據自己打算撰寫的內容，提出明確而具體的提問，並進行回答。

懂得自問自答，
就能寫出「有人讀的文章」

前面已經跟大家說明了撰寫文章的流程。但是說老實話，「自問自答」這個步驟要是無法確實進行，想要寫出好文章就會變得很困難。如同沒有食材就做不成料理一樣，**沒有資訊，又要怎麼寫出文章呢**？重點在於回答自己所想出來的問題時，必須「**更明確**」「**更具體**」才行。另外，在不同情況下，也會需要「**更深入**」的回答。

不習慣自問自答的人，其共通點就是「回答」往往非常淺薄。以下所列的自問自答，是某人前往大受好評的鬆餅專賣店用餐的經驗。

自我提問 1　吃過這家的鬆餅後，感覺如何？
自我回答 1　很好吃。

如果是電視節目在做街頭訪問，這種回答應該也沒什麼不好；但考慮到寫成文章「讓人閱讀」的話，這就很 NG 了。因為如此一來，寫出來的文章大概會和回答內容一樣，只有「鬆餅非常美味」。這種文章隨處可見，讀者是不會刻意停留下來閱讀的。

如果前往的是大受好評的店家，那麼我們應該可以想像，讀者想知道（＝想讀到）的是「食物究竟有多美味」。

請把讀者的需求放在心上，試著透過五感來回答問題。你覺得以下的回答如何呢？

自我提問 2　吃過這家的鬆餅後，感覺如何？

自我回答 2　好吃到差點連舌頭都吞下去啦。鬆餅的麵糊
　　　　　　和平常在家裡做的那種完全不同，鬆鬆軟軟
　　　　　　的，像棉花糖一樣，一入口就彷彿融化了。

　　這是將口感等自己所感受到的事情寫出來，和前面的「自我回答 1」比起來更像文章。

　　如果真的覺得很難回答，請向外「求助」吧。求助的方法非常多，像是「**詢問朋友相同的問題**」「**從書本或網路上調查**」「**自己調查**」等。

　　以鬆餅為例，說不定可以在店家的菜單或其他宣傳品中，找到有助於文章撰寫的訊息；或是可以從店家的官網上，查到諸如製作者的理念、製作時所下的工夫等資料。

　　請將自己的天線伸向不同的角落，透過實際行動，拓展自問自答的本事，如此一來，也就能提高撰寫文章的能力。

　　接著，我們再看看另一個題目，來比較一下。

自我提問 3　吃了藥膳咖哩後，有感受到什麼效果嗎？

自我回答 3　畢竟我只吃過一次……不太確定呢。

　　這回答真的非常老實。在面對面聊天的情況下，這麼說或許沒有什麼問題。的確，藥膳這種東西，可能要持續食用一段時間，才會產生一定的效果。但考量到以文章來表現的話，這種回答就會讓人覺得少了些什麼。建議大家可以仰仗五感，從各種不同的角度來回顧自己。

就算只是思考「吃完後，身體有沒有任何變化？」「店家是否特別強調具有哪些功效？」等問題，蒐集到的資訊也會不一樣。

　　以下文章是妥善回答的範例：

自我提問 4　吃了藥膳咖哩後，有感受到什麼效果嗎？
自我回答 4　有喔。開始吃大約一分鐘後，身體就變得比較暖，也開始出汗。菜單上寫著有「促進血液循環」「抗氧化作用」「殺菌作用」「促進消化」等效果。直到傍晚，我還覺得身體暖呼呼的，非常適合我這種容易畏寒的人。

　　我們可以從上面的自問自答看到，書寫者注意到自己的身體變化，也看了菜單上關於藥膳咖哩的說明，並把這些資訊補上。

　　也許大家會覺得「出汗、身體暖呼呼＝藥效」很難說服人，不過還是可以把這些表徵和「促進血液循環」連結在一起，至少不會給人奇怪的感覺。

　　因為很重要，所以在此重提一下：進行自問自答的時候，必須謹記此時的主要目的，是積極蒐集撰寫文章所須的必備材料。另外，**為了蒐集資料，透過自己的體驗獲得各式各樣的資訊（包含「發現」）也非常重要**。只要是常常需要寫文章的人，應該都很清楚，一點一滴的日常體驗，全都是重要的情報來源。

第2章

如何蒐集高品質素材？

──「九宮格資訊捕捉法」登場

蒐集與轉化，
是提升寫作力的捷徑

在第一章裡，我們已經知道一個大原則，那就是撰寫文章時，「透過自問自答，將相關資訊從腦中提取出來」是非常重要的事。

人人都想寫出充滿魅力、讓人想往下閱讀的文章，如果平常便能養成有效率蒐集資訊的習慣，就等於擁有一項非常好用的工具。

每天散漫度日未免太浪費時間了，請將你的天線伸向四面八方，把有效的資訊全都輸入腦中存放吧。

如果問：「兩週前的午餐吃了什麼？」我想能馬上回答出來的人應該不多，因為大腦原本就具備「遺忘」的能力。有一個說法是，人類雖然每秒會收到四十億位元的資訊，但意識所能處理的只有兩千位元左右——計算起來，能處理的部分只占〇‧〇〇〇〇五％！如果想將這些好不容易通過窄門的資訊全部轉化為自己的東西，就只能**改變意識的處理方式**了。

在這一章裡要告訴大家的是，**為了撰寫文章而更有效蒐集資訊（材料），並輸入腦中的方法。**

只要填空就能蒐集資訊的「九宮格資訊捕捉法」

　　想蒐集資訊，最推薦的就是「九宮格資訊捕捉法」。只需要將蒐集到的資訊寫在九宮格裡，接收資訊的天線便會跟著豎起。如此一來，**相關的資訊就會接二連三地飄進天線的收訊範圍內。**

　　在我主持的寫作課上，會和學生玩一個簡單的遊戲，我稱之為「**尋色遊戲**」。

　　我告訴他們：「接下來的二十秒內，請觀察這個房間裡有幾項紅色的物品。」接著，學生不停地在整個房間裡四處張望。有人找到十項、二十項，也有些人甚至會找到三十項。

　　但緊接著，我會隨便選一個剛才找到很多紅色物品的人，問他：「那麼藍色的東西有幾項呢？」這其實是非常壞心眼的問題（笑）。學生的回答則包括「我不知道」「我沒看」「我沒注意到藍色的東西」等等。

　　這就是人類大腦處理資訊的方式。

　　在房間裡四處張望的過程裡，不可能沒看見藍色的東西。但由於學生並沒有將注意力放在「藍色」上，因此沒有接收到藍色物品的資訊（無法接收相關訊息）。這在腦科學中稱為「網狀活化系統（Reticular Activating System，簡稱 RAS）」；至於在心理學裡，則會用「彩色浴效應（color bath）」來解釋這個現象。

如果想簡潔地說明大腦的運作架構，那就是「只截取當事者意識到的資訊」。在這個世界上，**就算在同一個場所看著相同的景色，每個人接收到的資訊還是完全不同，這種事是理所當然的。**

同樣在散步，喜愛美食的人，很容易且很快就會找到看起來似乎不錯的餐飲店。這是因為他的「美食」天線一直都是豎起來的。如果是想養狗的人，就會很容易注意到同樣在散步的狗兒。他們心裡會想著：「貴賓狗好可愛喔。這隻大概五歲左右吧？」或是非常容易被寵物店的櫥窗吸引。

另一方面，如果是對美食沒有特別偏好的人，即便美味的餐廳就在眼前，他們很容易就會錯過；而對狗沒有興趣的人，甚至根本沒發現一隻狗正與他擦身而過。意思是，人們並不會特別有意識地去處理自己沒興趣的資訊。說得極端一些，**我們雖然身處同一個世界，但事實上就像生活在不同的星球。**

「九宮格資訊捕捉法」能**豎起你腦中特定的天線，讓它接收你需要的資訊。**天線從你動筆的那瞬間就架好了。雖然光是寫下來就能獲得不錯的效果，但如果能把自己所寫的東西念出聲來、反覆讀誦，更能增強天線的靈敏度。

想要文章品質高，
就得靠「準備」

假設你一星期後要出國旅行，回國後也想在自己因興趣而經營的「旅行部落格」上寫幾篇遊記（目標讀者是「對海外風俗文化有興趣者」）。

如果什麼天線都沒架好就出發了，那麼到頭來很可能只寫得出「真是一趟愉快的旅行」之類的東西。要是等到回國後、開始想寫文章的時候才思考：「嗯……等等。我要寫什麼才好啊？一件件來想好了。」如此一來，寫遊記的過程中，與記憶的一番苦戰大概是免不了的吧。我們可以預期，這不但非常耗費時間，完成的文章品質可能也不會太好。

另一方面，如果出國旅行前就先用「九宮格資訊捕捉法」架好天線的話，之後寫起文章，就能行雲流水到連自己都會覺得驚訝的程度。

所謂的「架起天線」，就是分解主題。

請問問自己：「把『海外旅遊』分解的話，會出現哪些項目呢？」或是可以簡單地想像一下，讀者想知道關於海外旅遊的哪些事情。

九宮格的使用方法真的非常簡單。只要在正中間那一格填入主題（這次要填的是「海外旅遊」），再把分解出來的項目寫在周圍八個格子即可。

表 2-1　九宮格資訊捕捉法　主題：海外旅遊

① 歷史 （名勝古蹟、世界遺產）	② 飲食文化 （特產）	③ 文化 （風俗民情）
④ 民族性 （語言、價值觀、宗教）	【主題】 海外旅遊	⑤ 政治、經濟 （景氣、物價、治安）
⑥ 工作型態 （工作方式、商業習慣）	⑦ 生活型態 （生活方式、家庭、教育）	⑧ 自然 （海洋、山川、大地、動植物、氣候、天災）

　　上面的表 2-1 是以「海外旅遊」為主題豎起天線的範例之一，重點在於，出發前就要先架好這樣的天線。如此一來，身處海外時的資訊輸入量就會產生巨大的變化。說不定從抵達目的地那一刻起，不，應該說從出發前，這些訊息就會不斷吸附在天線上。

　　雖然我用的動詞是「吸附」，但吸引力的源頭，當然就是打算寫文章的當事者本人的意識。前面也說明過，大腦會擷取人們所意識到的資訊。

　　只要使用「九宮格資訊捕捉法」，連自己的行動也會有所變化。

　　像是「進入各種不同的店家確認價格」「觀察當地民眾的工作方式」「向計程車司機詢問該國的生活型態」「使用網路調查該國的歷史與觀光景點」「從公車或電車的車窗眺望該國

的自然景色（海洋、山川等）」「留意當地民眾的服裝和建築風格等」「在當地人會去的餐廳裡用餐」⋯⋯等一般很可能會遺漏的資訊，只要事先把它們寫下來，就會不斷進入自己的意識中。

　　另外還要注意一點，寫好後別只是丟在一邊，可以**在旅行途中反覆檢視寫好的九宮格，這樣可以讓天線的靈敏度更高。**這麼一來，就能在旅行結束前獲得大量資訊。

　　說不定有些人根本等不到回國，便已蠢蠢欲動地想著：「好想寫那件事喔。還有這件事也好想寫出來。」甚至有些人會在旅行途中就開始寫起遊記。這是因為人類一旦蒐集到資訊，就會非常想輸出。就算不拚命想著「非寫不可」，手也會自然而然動了起來。如果能營造這樣的環境，不是很棒的一件事嗎？

一表一主題，
蒐集更深層的資訊

如果只是簡單的遊記，那麼只要像前面所說的那樣，事先架好天線就夠了。但如果想寫出很有一回事、內容詳細的遊記，或是比較專業的文章，那麼就需要豎起更能捕捉細節的天線。

在這裡，我們可以針對想進行重點解析的主題，再次執行「九宮格資訊捕捉法」。

在旅遊部落格的文章裡，如果想對「文化（風俗民情）」有更多著墨的話，該如何分解主題呢？

表 2-2　九宮格資訊捕捉法　主題：文化（風俗民情）

① 工藝	② 電影、音樂	③ 時尚
④ 藝術、美術	【主題】 **文化** （風俗民情）	⑤ 網路、社群網站
⑥ 遊戲	⑦ 運動	⑧ 書籍、漫畫

表 2-2 是把表 2-1「海外旅遊」中的天線「文化（風俗民情）」做為主題放在九宮格正中央，以架起更細小天線的範例。這樣一來，就能蒐集到更多與這些項目有關的資訊。

　　當然，針對表 2-1 的項目，如果想多著墨的不是「文化（風俗民情）」，而是「工作型態」的話，那麼只要將「工作型態」放在九宮格的正中央，再寫出分解項目就可以了。

　　就像這樣，只要遇到「我想了解得更深刻！」的主題，就請活用「九宮格資訊捕捉法」，把它們全部寫出來吧。**從你動筆寫下的那刻起，腦中就已經開始豎起各式各樣的天線了。**

　　順帶一提，如果想寫出像旅遊書一樣的分量，那麼光憑表 1-1 所寫的那八項資訊絕對不夠，必須各自以它們為主題、分解得更細緻才行。每張表有八個格子，再乘以八個主題，總共可以得到六十四項資訊。

　　一邊是連半根天線都沒架好，就外出旅行的人；一邊是仔細豎起六十四根天線後才出發的人，你覺得誰比較能寫出值得一讀的遊記？我想答案應該很清楚才是。

出發前，先製作能捕捉資訊的筆記欄

　　既然已經透過「九宮格資訊捕捉法」把天線架了起來，當然希望能活用到最大限度；而要活用天線到極致，最重要的一點，就是**捕捉進入守備範圍的資訊**。

　　以技術來說，這一點並不困難。因為「**捕捉資訊＝筆記**」。除了當下獲得的資訊，只要留意或發現到什麼事情，記下來就對了。

　　推薦的方法是如同表 2-3，為了能根據事先架好的每根天線來寫筆記，最好一開始就留下足夠的空間（配合事前寫好的表 2-2 各項）。事實上，這個表 2-3 是我某次出差至上海時，預先寫下的九宮格；而我在當地寫下的筆記內容，就是表 2-4。

　　越是認真筆記，應該就越能蒐集到許多更深刻（新鮮且有益）、與該國文化（風俗民情）相關的資訊。

　　當然，也可能有人會說：「我要寫非常專業的文章，所以希望能豎立更多天線！」這樣的話，就不必局限在九宮格，不論是增加為十二格或十六格都可以。請務必放膽嘗試，看看什麼方法最有助於自己撰寫文章。

表 2-3　九宮格資訊捕捉法　主題：文化（風俗民情）

①工藝	②電影、音樂	③時尚
④藝術、美術	【主題】 文化 （風俗民情）	⑤網路、社群網站
⑥遊戲	⑦運動	⑧書籍、漫畫

表 2-4　寫下當地相關資訊

①工藝	②電影、音樂	③時尚
・藍染服飾及雜貨 ・中國茶器（馬克杯也很多） ・中國風（尤其是陶瓷）	・國產電影較受歡迎；各種題材兼具 ・當地聽到的流行音樂包括鄧紫祺、魔幻力量和那英等華語歌手	・20 ～ 39 歲的女性時尚幾乎和日本相同 ・沒化妝的人很多。流行自然風？
④藝術、美術	【主題】 文化 （風俗民情）	⑤網路、社群網站
・中國的現代藝術非常興盛，人氣藝術家有陸揚、徐杰、胡偉等人。以「ShanghART gallery」為首的新穎畫廊也很受到矚目。		・搜尋的精準度很低 ・微信和微博很有人氣 ・音訊頻道「喜馬拉雅」也很受歡迎 ・不能使用 Google、臉書、推特等，很不方便
⑥遊戲	⑦運動	⑧書籍、漫畫
・每年七月在上海舉辦的中國最大遊戲展「ChinaJoy」非常受到矚目 ・手機遊戲的人氣驟升，玩家人數一口氣超越了電腦遊戲	・除了原本就扎根甚深的桌球，足球和籃球的人氣也急速上升中	・除了中國的作品外，《火影忍者》《銀魂》《航海王》等日本漫畫也廣受歡迎 ・除了國內外小說，實用書及勵志書的讀者也有增加

商場也能用的
「九宮格資訊捕捉法」

這套方法在商場上也非常有用。

舉個例子，你準備前往公司新開幕的分店視察，回來後還要提交報告給主管。在這種情況下，比起什麼準備都沒做，先用九宮格資訊捕捉法架設好天線後，再前往店面視察，所獲得的資訊量可說是天差地遠。

主管想知道關於新分店的哪些事情呢？只要以「人」「物」「金錢」三項主軸來考量，就能將九宮格填滿了。範例如表2-5。

表 2-5　九宮格資訊捕捉法　主題：新分店視察

① 工作人員 （計時人員、溝通、 工作動力）	② 成本 （進貨、運作成本）	③ 招牌、外觀、 裝潢
④ 來客數、入店率	【主題】 新分店視察	⑤ 商品品項與陳列
⑥ 銷售額、獲利、 平均客單價	⑦ 待客技巧 （建立關係、銷售、 接待）	⑧ 顧客管理、 客訴應對

如果能先如表 2-5 這樣設立好天線，視察時所能獲得的資訊，絕對會產生大幅改變。

　　舉例來說，因為早就決定好視察項目之一是「招牌、外觀、裝潢」，所以只要一抵達分店，馬上就會從入口處開始獲取資訊。

　　如此一來，只要仔細觀察，就能更容易發現諸如「招牌不顯眼」「最好用畫架和黑板寫出推薦商品」「可在店頭用花車販售促銷品」等問題，也更有可能想到改善方法或全新的創意。

　　另外，一提到分店視察，很容易只注意銷售額和獲利之類的事情，但只要先架好「工作人員」這根天線，就會主動留意「工作人員之間的溝通是否良好」「店長和工作人員之間是否互相信任」「人員工作時是否有活力」「工作人員是否有煩惱」等相關資訊。說不定從這些與工作人員相關的課題中，還能衍生出提升獲利的發想。

　　當然，表 2-5 所寫出來的項目只是範例而已，其他還包括「顧客到店的便利性」「活用官網與社群網站」「傳單與廣告」「集點卡」「促銷活動」……請以需要優先蒐集的資訊為重點，一一把天線架好吧。**只要豎起天線，就能從各種不同的觀點來看待事物，而蒐集到的資訊不管在數量或品質上，都會有所改變。**

只要「當場筆記」，
想要的資訊就能逐漸到手

前面提到，若想蒐集更多資訊，只要先架好天線，就可以開始行動了。

同時，前面也提過，因為大腦天生就會忘記，所以到達目的地時，請將那些如潮水般湧來的資訊記下來。**如果能直接寫在事前架好天線的格子裡，那就更方便了。**

我們先寫好如表 2-6 這樣可填寫內容的九宮格。只要把筆記寫在這裡，大腦就能更容易記住所擷取的資訊，之後要再取出這些訊息，也會變得較輕鬆。

表 2-6　事先準備好筆記式的九宮格

①工作人員（計時人員、溝通、工作動力）	②成本（進貨、運作成本）	③招牌、外觀、裝潢
④來客數、入店率	【主題】 新分店視察	⑤商品品項與陳列
⑥銷售額、獲利、平均客單價	⑦待客技巧（建立關係、銷售、接待）	⑧顧客管理、客訴應對

下面的表 2-7 是在現場寫下的筆記範例。**除了數據，包括聽取相關人士意見、自己的結論和視察中發現的事在內，都要記下來。**只要將自己在現場發現的事情和靈感記下來，之後寫出來的**報告品質就會更好。**

表 2-7 　在現場記錄各種相關問題

①工作人員（計時人員、溝通、工作動力）	②成本（進貨、運作成本）	③招牌、外觀、裝潢
· 不知是否因人手不足之故，計時人員的培訓並未符合公司規定 · 正職員工和計時人員間的氣氛不太融洽	沒有什麼問題	· 結帳櫃檯附近擺了紙箱等雜物，有礙觀瞻 · 雖是為了營造氣氛，但室內照明的確有點暗
④來客數、入店率	【主題】 新分店視察	⑤商品品項與陳列
· 並未著力於提升平日的入店率 · 是否需要花工夫提升招呼和吸引顧客入店的效率？		· 陳列架的位置看不出特別的意義；也未打造吸引顧客前進的動線 · 未使用文宣或看板來營造訴求
⑥銷售額、獲利、平均客單價	⑦待客技巧（建立關係、銷售、接待）	⑧顧客管理、客訴應對
· 平日，尤其是正午到下午四點的銷售額低於所有分店平均 · 與入店率進行比較	· 新手店員與計時人員的接待技巧不夠純熟（招呼、搭話、送客等） · 引導顧客說出需求的閒聊能力稍嫌不足	· 發出集點卡時並未蒐集到顧客資訊 · 是否要和其他店家一樣，透過 QR code 加入 LINE 好友

我想應該不需要我提醒：如果寫下來的東西只局限於九宮格資訊捕捉法所列出來的項目，就是本末倒置了。有些時候，在那些忘了或未特地架設天線的項目裡，仍然含有珍貴資訊，

這種情況並不少見。

　　最重要的是，即使是與天線不相關的事，只要是有可能成為文章材料的，都應該好好記下來。只要蒐集的資訊數量和品質都產生變化，蒐集者所寫出的文章品質應該也會隨之提升。

第 3 章

用「禮物」為
概念雕琢文章

「好文章」
是怎樣的文章？

蒐集好材料後，終於要開始寫文章了。

不過，在那之前有件事情要先確認，那就是：什麼叫做「好文章」？

我常聽到人們說「希望能寫出好文章」。但話說回來，「好文章」到底是什麼樣的文章？關於這一點，我想應該眾說紛紜、因人而異吧。

我所定義的「好文章」，是指「能達到目的之文章」。除了非常私密的日記，或純粹為了自我滿足而展現個性的作品，大多數情況下，撰寫文章都應該具有某種目的，可能包括以下情況：

- 企畫書：希望對方採用自己的企畫
- 工作委託信：希望對方同意接案
- 商品的傳單：想讓對方買下商品
- 食譜：引導人們成功做出料理
- 減肥書：引導讀者減重成功

那麼，和朋友聊天又是為了什麼目的呢？這就因狀況而異了。有可能是為了「和對方建立關係」，或是「傳遞正確資訊」，也有可能是「互相吐露真心話，理出某件事情的頭緒」「為對方加油打氣」「協助對方進行某些事情」「希望對方原諒自己」等。

不管花費多少時間與精力，又或是在用字遣詞上再三推敲，只要沒有達成既定目的，就無法稱為「好文章」。

　　在這一章裡，將以「能達成目的之文章＝好文章」為中心，告訴大家撰寫文章的方法。

這篇文章裡，
有沒有「送禮」的心情？

想讓筆下的文章達到目的，應該注意哪些事項呢？

我提倡一個觀念，就是請大家保有「送給讀者一份禮物」的心情。

請想成「文章＝給閱讀者的禮物」。

打算送別人一份禮物時，你應該會思考：「該送什麼給對方，他才會開心？」也應該會斟酌：送花？送吃的好嗎？生活雜貨？還是對方更喜歡電影或音樂會的票券？

文章也是一樣。

如果閱讀你的文章能讓某個人覺得非常開心，你的目的就會較容易達成。另一方面，如果「讀的人不覺得開心」「對讀者來說沒有好處」「只寫了對讀者而言可有可無的事」，那麼要達成目的，就會變得更加困難。

融入文章裡的「禮物」，就是**對讀者來說「有幫助」「能獲得好處」「覺得開心」「獲得成長機會」「能藉此獲得幸福」「讓人生更豐富」**……的訊息。只要能將這些內容放進文章，目的達成率一定會急速飆升，也就能成為一篇「好文章」。

使用「九宮格」
找出給對方的「禮物」

那麼，究竟該怎麼做，才能將禮物「包進」文章裡呢？

在告訴大家這件事情以前，請先看看下面這篇文章。

這是某公司的業務，為了與 A 公司負責接洽的窗口約時間見面而寫的電子郵件。

文章 1

本公司近日開發了業務支援雲端系統「Manemode」，
希望貴公司能夠採用，因此與您連絡。

此為本公司的精銳程式設計師們歷經多次試誤及改良後，
終於開發出來的工具，
成品的完成度也非常高，
懇請貴公司進行評估。

在這樣的文章裡，你覺得有多少是要給對方的禮物呢？很遺憾的，字裡行間只看得到對自家產品的宣傳，卻沒寫到能帶給 A 公司的利益（禮物）。對收信者來說，這封信看起來不過是在炫耀而已。

除非是具有相當的互信基礎、關係非常深厚的對象，否則 A 公司應該不可能特地撥時間來見寫出這封信的業務吧。

在這個案例裡，這項商品明明能讓對方開心，卻絲毫沒有表現出其魅力。

為了不要寫出像文章 1 這樣的東西，接下來我們試著使用九宮格，看看能為對方準備哪些禮物吧。

　　首先，除了列出自家商品能為對方（A 公司及連絡窗口）帶來哪些好處，也請試著寫出對方關心、能引起對方注意的事情和要素，也就是表 3-1。

　　在表 3-1 中，前六項是商品能帶給對方的利益，第七項是試用服務，第八項則是考量到要去拜訪對方時，不能給人家添麻煩。

表 3-1　主題：約定拜訪時間的電子郵件

① 平均可提高業務人員的工作效率達 20%	② 可透過雲端管理日報表、掌握部屬的工作狀況	③ 業務人員可同時管理時程與客戶動態
④ 減少不必要的業務會議	【主題】 約定拜訪時間的電子郵件 商品：業務支援雲端系統	⑤ 電腦、手機與平板等裝置可即時同步
⑥ 業務窗口變更時可輕鬆交接	⑦ 可提供一個月免費試用	⑧ 請教對方合適的會面時間及地點

請各位以九宮格過濾出來的這些「禮物」為素材，試著寫封電子郵件吧。以下的範例省略了「承蒙貴公司照顧」等招呼語及署名等內容。

文章 2

> 敝公司於近日開發了業務支援雲端系統「Manemode」，
> 希望能介紹給貴公司，特此冒昧連絡。
>
> 本系統可透過雲端統合管理相關時程及顧客動態，
> 並能為貴公司帶來以下優勢：
>
> 一、電腦、手機及平板等裝置可即時同步
> 二、可提高業務人員的工作效率（平均為 20％）
> 三、主管可隨時掌握部屬的工作狀況
> 四、可縮減，甚至避免效率不彰的業務會議
> 五、窗口更動時，可輕鬆完成交接
>
> 此外，為了讓貴公司實際體驗本系統的使用方法及效果，
> 特提供一個月免費試用。
>
> 不勝惶恐，還望有機會好好向貴公司介紹本系統。
> 若想當面拜訪，不知道您哪天較方便呢？
> 懇請考量後回覆，萬分感謝。

　　文章 2 將「好處」簡潔地整合在一起，讓「想送給對方的禮物」變得十分明確；禮物也不只一份，而是準備了很多，很難讓對方「讀過就算了」，而是會很自然地覺得：「對我們公司來說，好處還不少呢！」「不聽聽對方怎麼說的話，好像有點虧？」「至少聽聽他怎麼說好了。」和並未使用九宮格寫出的郵件（文章 1）相比，高下自明。

　　若是在毫無準備的情況下動筆，很可能會因為未事先整理好重點，使得寫出來的東西非常雜亂。

　　就算要花點時間，也請停下來想想：站在對方的角度來看，**自己現在正打算做的事情，能為他帶來什麼樣的利益？就算一開始得多做些準備，但努力一定會有所回報。**

　　對方讀了你的文章後，你應該也能因此「和對方會面，並順利成交」；不僅如此，說不定還能獲得「社群媒體的追蹤者增加」「下一筆交易」等結果。請各位務必從今天起，把這件事情放在心上，試著實踐看看吧。

決定你的「目標讀者」

在「以送禮給對方的心情來寫文章」為前提的情況下，還有一件事情必須搞清楚才行，也就是「文章的目標讀者必須明確」。

也許有些人會覺得：「嗯？我只是當做興趣在寫，應該沒關係吧？」我想，也的確有些人並未想像特定的讀者面貌，反正先寫了再說。

不過就算只是興趣，在目標讀者設定不夠清楚的情況下，**往往會發生好不容易寫了文章，卻完全無法獲得任何反應的悲劇**。就像上一篇介紹的業務郵件（文章1）一樣，宣傳完自家產品就結束了。

沒設定好誰應該讀這篇文章，就沒辦法把禮物送出去。

如果想送一份會讓讀者高興的禮物，那麼無論如何，都必須事先將目標讀者的樣貌明確設定好才行。

假設你要以美食為主題寫部落格。你認為目標讀者會是什麼樣的人？

此外，就算都稱為「美食」，應該還是有許多不同取向。

所能想到的目標讀者
- 走訪星級美食的人
- 喜歡去排隊名店的人
- 喜歡庶民美食的人
- 有機食物愛好者

- 生食料理愛好者
- 速食愛好者
- 甜點女子
- 喜歡居酒屋的人
- 專找世界稀有食物的人

　　除此之外，可以用「喜歡日本料理的人」「喜歡法國料理的人」等國別或地區來設定，也可以用「喜歡鬆餅的人」「喜歡拉麵的人」等料理種類來區分。

　　對喜歡拉麵的人來說，或許不會對「巷弄內的低調印度料理名店」這類文章感到興趣；但另一方面，如果有一篇文章寫著「大量使用野生山豬骨製成的豬骨拉麵」，想必會興致盎然地閱讀。

　　如上所述，就算是「美食」這個主題，還是能進一步思考各式各樣的讀者設定。要是只將範圍設定在「美食」這麼大的主題，難得寫好的文章說不定會因此變得「沒有人想讀」，甚至變成「讀了也讓人提不起興趣」。

　　明確決定目標讀者後所寫出來的文章，能確實讓該族群感到開心。說不定還會收到像是「獲益良多」「感謝你提供這麼棒的資訊」「下次我也想去吃」等充滿各種欣喜之情的回饋或感謝的話語。

　　光是這麼想像，是不是就令人感到興奮呢？

　　只要知道該把禮物送給誰，就能寫出更加打動對方的文章——這應該就是寫作的真貌吧。

請容我不厭其煩地再提醒一次，為了將禮物送給閱讀文章的人，最重要的前提，就是必須先弄清楚目標讀者是誰。請不要在「呃⋯⋯誰會讀這篇文章啊？」的情況下貿然動筆。

決定目標讀者的
「理想反應」

決定好目標讀者後，接下來要思考：讀者會有什麼反應？

事實上，大多數的人並不是太在乎讀者的反應，只顧著寫自己想寫的東西。舉例來說，就算寫的是企畫書，也很容易只認為「會不會採用這個企畫，就看對方怎麼想，我無法控制」的想法。

但我們也可以說，這種想法正是「企畫之所以沒被採用」的理由。這是對方要決定的，不是自己能控制的事情。在這麼想的瞬間，企畫通過的機率立刻就會大幅下跌。理由在於對**「終點」**的設定太隨便了。

不管撰寫的是什麼樣的文章，都必須**「決定讀者的反應」**，這就是提高文章目標達成率的祕訣。

那麼，具體來說，該怎麼決定讀者的反應呢？

方法其實非常簡單。

以一開始所提的例子來說，就是請在腦中具體想像**「希望讀到這份企畫書的人產生的反應」**，以描繪出自己所期望的「理想結果」。

假設讀那份企畫書的人是直屬單位的部長好了。在看到企畫標題的瞬間，部長的雙眼便閃閃發亮；讀著讀著，整個人越來越興奮，看完後還說：「這企畫真是太棒了！一定要做啊！」我們可以試著想像到這麼具體的程度。

用「禮物」為概念雕琢文章

- 讀者看過文章後，會說什麼話？
- 會採取什麼行動（包括肢體動作在內）？

只要能在腦中具體想像這兩件事，就算及格了。

第二章曾告訴大家，人類大腦的特徵之一，就是容易遺忘。除此之外，還有一項特徵，就是只要有所想像，就能將該事物吸引到身邊。許多運動選手之所以都很重視想像訓練的理由，我想也是一樣的；因為能具體想像出來的東西，比較容易實現。這也使得運動選手非常熱衷於在腦中建構理想狀況。

撰寫文章也是這樣。

企畫書的撰寫人若有「不知道這項企畫能不能通過……」的想法，那麼它九成九不會通過。反過來說，如果腦中浮現的樣貌與理想情況相去甚遠，那麼我們就不能動筆撰寫。

「只能想到一些負面反應＝目標設定太隨便」就是一種訊號。撰寫文章的人必須對這種訊號非常敏感才行。

以下是不同類型文章的「讀者反應（目標設定）」範例。

讀者的理想反應

- **企畫書→好棒的提議。希望能以你為核心，盡早執行！**
- **講座、研討會等報告→原來有這種情況啊！真是上了一課。幸好有讓你去。**
- **委託接案郵件→看來這案子能讓我獲益良多呢。我非常樂意接受這項委託。**
- **道歉郵件→我充分感受到你的歉意。這次的事情就算了**

吧！

- 部落格文章→很有用！真希望大家都知道，請讓我分享
  到社群網站！
- 促銷廣告（會員簡訊）→這活動也太划算了吧！我一定
  要參加！
- 大學論文→主題和內容都非常充實，無可挑剔。數據也
  很豐富，值得一讀。推薦你在下次學會發表吧！
- 給喜歡之人的情書→我也好喜歡你！

　　你的文章若有想達成的目的，請在撰寫前決定好讀者應該
出現的反應。從決定好的那瞬間起，你的文章不但會產生變化，
品質也會隨之提高。

用「禮物」為概念雕琢文章

掌握目標讀者需求的「五個提問」

設定目標讀者後，一定要做的就是「**掌握讀者需求**」。「需求」的涵義包括「欲望」「渴求」「要求」「需要」等，相對來說，是個沒那麼口語、感覺上有點抽象的詞語。接下來要介紹五個可以確實掌握「需求」的提問：

提問 1　讀者為了何事煩惱（覺得困擾的事）？

提問 2　讀者對何事感到不安？

提問 3　讀者需要什麼樣的資訊（外顯性）？
　　　　※ 此指明顯且具體表現出來的狀態

提問 4　讀者需要什麼樣的資訊（潛在性）？
　　　　※ 此指並未表現出來、潛藏於內心的狀態

提問 5　讀者要怎樣才會付出（金錢）？
　　　　※ 假設是商業行為

如果能獲得這些問題的答案，那麼在某種程度上，我們應該已經掌握了讀者的需求。

那麼，該怎麼做才能得到答案呢？想像當然也非常重要，但光是如此，很難真正抓到具體需求，也可能淪為紙上談兵。總之，如果只是放在腦子裡想，很容易變成「書寫者的一廂情願」，不可以完全相信。

實際上與目標讀者對談是最好的。但並不是「問清楚之後

再來找資料」這種心態，請以閒聊的方式輕鬆交流即可。與其一板一眼地提問，不如想辦法聽到對方的真心話，這樣更容易了解目標讀者想要什麼。

如果實在沒有機會與目標讀者對談，可以瀏覽他們有可能聚集的交流網站或粉絲頁，確認留言及回覆的內容，這也是發現目標讀者需求的方法之一。又或是詢問平常會和目標讀者接觸的人，聽聽他們的意見，也是不錯的方式。若是知道目標讀者在現實中可能聚集的場所，也可以實際前往該處，就算只是單純地聆聽他們的對話，對於擷取具體資訊同樣很有助益。

舉例來說，如果目標讀者是「喜歡居酒屋的人」，那麼需要哪些資訊呢？

除了居酒屋常見的菜色，他們應該也想知道關於日本酒、燒酎、啤酒、威士忌、紅酒……等各種酒類，以及適合的下酒菜等相關資訊，還有可能想知道各地居酒屋的氣氛、店家的經營型態（例如無座位的立飲式、有包廂、營業時間、平均消費金額、裝潢、店內播放的音樂、集點卡之類的服務、可否包場）……等。

如上所示，如果有清楚的目標讀者，並能掌握他們的需求，想寫出具備「禮物」要素的文章，絕不是什麼困難的事。

將前面告訴大家的內容整理起來，就是如表 3-2 的「寫作金字塔」。

表 3-2　好文章＝能達成目的之文章

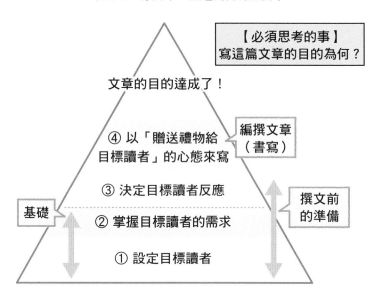

　　容我再次重申，寫文章必須具備某種目的，而本書所定義的「好文章」，指的就是能達成目標的文章。

　　為了寫出好文章，最重要的就是「設定目標讀者」和「掌握目標讀者需求」。這兩項是用來支撐金字塔的基礎要素。基礎要是不夠穩固，金字塔一定會崩塌；也就是說，寫出「好文章」的機率會下降。

　　另外，在開始寫文章以前，也請務必決定好「目標讀者反應」；接著再以「贈送禮物給讀者」的心態來撰寫。如果他們能在閱讀這篇包含禮物要素的文章後，打從心底感到喜悅，那就是一百分了，而這篇文章也絕對能大幅提升你達成目標的可能性。

目前為止，你所撰寫的文章若沒有達成目的，那麼應該是某些要素不夠齊備的緣故，請好好確認一下究竟是哪裡做得不夠扎實，同時也請務必依以下項目進行檢核：

為達成文章目的之檢查項目
一、設定目標讀者
二、掌握目標讀者需求
　　・讀者為了何事煩惱？
　　・讀者對何事感到不安？
　　・讀者需要什麼樣的資訊（外顯性）？
　　・讀者需要什麼樣的資訊（潛在性）？
　　・讀者要怎樣才會付出（金錢）？
三、決定目標讀者反應
四、以送給目標讀者禮物的心態來撰寫文章

用「禮物」為概念雕琢文章

試著以送禮的心情
來經營社群帳號吧

目前為止介紹給大家的「設定目標讀者」「掌握目標讀者需求」「決定目標讀者反應」這幾項,不只適用於與工作相關的文章,對大多數文章來說,也都是非常重要的項目。

舉例來說,你想在自己的部落格或臉書以「溝通」為主題寫一篇文章。

- **目標讀者是誰?**
- **讀者有什麼樣的需求?**
- **希望讀者有什麼樣的反應?**

先思考這些問題以後再動筆吧。

接下來請看看文章 1。

文章 1

> 在我的朋友中,有一位溝通達人。
> 她是一位與所有人都能圓融往來的厲害女性。
> 我想她一定有什麼祕訣!
> 所以我觀察了她將近一年,
> 好不容易才覺得摸到了一點頭緒,
> 也就是關於擅長溝通者的訣竅。
> 我也慢慢從她身上學習,

> 活用在自己的溝通上，
> 真的效果顯著！
>
> 我還完全比不上她，
> 但仍然繼續朝溝通達人的目標努力。

各位覺得如何呢？這篇文章寫出了書寫者的個人體驗。倒不是完全沒有吸引人的地方，但大家在閱讀的時候，應該會越來越期待文章裡會提到「怎麼做才能變得更擅長溝通」對吧？

但是讀到最後，卻完全沒有寫出看起來像祕訣的內容，這會讓讀者感到非常失望，就算有人因此認為「搞什麼，真是浪費我的時間」或「我再也不會看這個人的文章」，也沒什麼好奇怪的。

為何會招致如此令人遺憾的結果呢？這是由於書寫者一開始就忘了「**要送讀者禮物**」這件事。

以這篇文章來說，既然都寫了「一定有什麼祕訣！」「好不容易才覺得摸到了一點頭緒，也就是關於擅長溝通者的訣竅」，後面卻完全沒有寫出來，被認為完全沒為讀者著想也是理所當然的。

若是沒有把讀者想知道的事情寫出來，就無法將禮物送出去。不喜歡將手中資訊和其他人分享的人，要特別注意這點。

當我們打算寫一篇能「送禮物給讀者」的文章時，請使用九宮格過濾出能讓對方感到開心的禮物吧；用條列的方式也可以。

以開頭的這篇文章為例，站在讀者角度來看，「禮物」會

是什麼呢？很自然的，寫出「擅長溝通者的特徵（祕訣）」就是禮物所在。

接下來，就實際運用九宮格寫出擅長溝通者的特徵。範例如表 3-3。

表 3-3　用九宮格過濾出能讓讀者開心的內容

① 看著對方的雙眼	② 笑容以對	③ 對話中頻繁提及 對方的名字
④ 在適當時機回應	【主題】 擅長溝通者的 特徵	⑤ 傾聽對方的談話 內容
⑥ 配合對方的音量 及語速	⑦ 不否定 （＝接受）對方	⑧ 使用對方容易 理解的詞語和 表現方式 （包括手勢）

當然，不需要把這邊所列出來的東西全部塞進文章裡。如果要寫的是短文，只要精簡出最重要的部分，或挑幾項重點來寫就可以了；如果想寫的是長文，就可以將所有要素全部放進

去。總之，請因應文章的目的和所須的分量選用。

以表 3-3 過濾出禮物要素後，接下來，就是試著重新思考自己想寫的文章。請看看以下的例文：

文章 2

我的朋友裡有位溝通達人，
是一位能與所有人圓融往來的厲害女性。
我想她一定有什麼祕訣！
所以我觀察了她將近一年，
好不容易才覺得摸到了一點頭緒，
也就是關於擅長溝通者的訣竅。

當中我認為最棒的一點，
就是不論對方是什麼樣的人，她都會傾聽他們的意見，
也不會妄加否定，而是如實接受。
仔細想想，自己的想法或意見能被他人接受，
無論是誰，應該都會很開心吧。
我想她一定是明白這個道理。

而且她在對話過程裡，也會一直提到對方的名字。
比起只是說「那條項鏈好漂亮」，
「彩乃，妳那條項鏈好漂亮喔！」聽起來更讓人開心。
她能很自然地做到這一點，真的很厲害。

085

另外，也許這件事是基本常識，
但只要跟她説話，她必定掛著笑容，
並正視對方的雙眼；
還會配合對方説話的節奏，
在適當的時機做出回應。
我想，光是面對那樣的「笑容 × 反應」，
任何人都會覺得非常開心。

我也慢慢開始從她身上學習，
活用在自己的溝通上，
確實效果顯著！

雖然我還完全無法與她相提並論，
但仍會繼續朝溝通達人的目標努力。

　　以九宮格過濾出的資料，讓這篇文章的內容變得更豐富。
對讀者來說，比起文章 1，文章 2 能帶來的好處多了許多，因
為確實寫出了提升溝通能力的祕訣，想必有人覺得「這篇文章
幫了我一把」「讀到就是賺到」「我也來試試吧」。說不定還
會有人抱著感謝之心，將文章分享在社群網站上。甚至有人可
能因為讀了這篇文章，大大地改變了自己的人生。如此一來，
「送禮物給讀者」的計畫就可算是非常成功。

　　尤其像是**推特或臉書**等社群媒體，讀者的回饋會以**「分享」**
「轉推」或**「按讚」**的數量呈現出來。若想知道自己撰寫的文
章能否順利成為送給讀者的禮物，請試著發表在社群網站吧。

編寫履歷時，也加入 「送禮」的心情

需要填寫履歷表（尤其是自傳）的時候，九宮格也是一項能有效將「禮物」寫進去的工具。

事實上，「求職」就是希望企業能「購買」自己的一場「推銷活動」，包括相關能力在內，我們必須展現出自己能對想進入的公司貢獻些什麼、能送給對方什麼禮物。接下來，我們試著以「自己的強項」為主題，用九宮格來篩選。

表 3-4　透過九宮格篩選出自己的強項

① 領導力	② 開朗	③ 創意力
④ 持續力	【主題】 履歷表中的 個人長處	⑤ 專注力
⑥ 克服逆境的能力	⑦ 樂觀的思考	⑧ 一年讀一百本書

用「禮物」為概念雕琢文章

透過九宮格將腦中隱約知道的長處輸出（具體化），就能將自己的賣點看得更清楚。當然，這時我們要問自己的是：「**我的強項是什麼？**」

接著，再針對其中特別突出的項目仔細挖掘。

在這個階段，並不建議直接把篩選出來的強項直接寫在履歷上，因為如此一來，每項長處所具備的強度會被稀釋，反而看不清楚重點在哪裡。

以下面的文章 1 為例，大家覺得這樣的自傳如何？

文章 1

> 除了開朗與樂觀的思考，我也具備了領導力、創意力、持續力、專注力等執行工作時所需要的各種能力。此外，透過一年一百本書籍的閱讀量，我從中所獲得的素養應該也能有所發揮。同時，我也對自己在逆境中不會受到打擊的心理素質相當自豪。

這些長處真的非常驚人，但由於寫出來的項目實在太多，反而很難讓人留下印象。

關於文章裡的禮物數量，有些時候的確越多越好，但**如果所寫的是字數或空間有限的自傳或制式履歷表，最好能精簡告知「特別值得一書的強項」，才能更容易讓閱讀的人留下印象。**

舉例來說，如果認為最能讓閱讀者感到開心的是「創意」，那麼就以此為中心來撰寫表現自我的文章。

下面的表 3-5 即是以「創意力」為中心，往下做更深刻的探究。

表 2-7　透過九宮格詳細挖掘「創意力」的內涵

①會特別磨練創意力的原因？	②如何產生創意？	③如何產生創意？
受到楊傑美所著《創意，從無到有》的影響	創意要由「A×B」得來	可從「市場所煩惱之事」中發現創意
④如何產生創意？	【主題】 創意力	⑤活用創意的範例？
創意可從「與常識相反」來思考		成功範例一：在之前工作的漢堡店舉辦「感謝父母」照片上傳促銷活動
⑥活用創意的範例？	⑦活用創意的範例？	⑧如何在新職場活用創意？
成功範例二：使用社群網站，為校慶演唱會招攬觀眾	成功範例三：擔任高中家教時，讓學生成績進步至少 40%	在商品企畫方面提供創意，成為即戰力

　　就像這樣，透過第 1 章所介紹的「九宮格自問自答法」一邊提問，一邊寫下答案，就能夠蒐集到更精準的資料。

- · 會特別磨練創意力的契機是？（①）
- · 如何產生創意？（②③④）
- · 活用自己創意的範例？（⑤⑥⑦）
- · 如何在新職場活用創意？（⑧）

　　一邊回答這些問題的同時，就能一邊把九宮格填滿。當然，

自我提問的內容會隨主題（強項）不同而改變。舉例來說，如果要分析的是「專注力」，那麼就可以改用「有哪些提高專注力的方法？」之類的提問。

將有關創意力的內容仔細過濾分析後，就能使用其中的有效要素和案例來撰寫文章。下面的文章2，就是將「創意力」這項長處精鍊後所寫的。

文章2

「點子王」——這是別人給我的暱稱。受到暢銷書籍《創意，從無到有》的啟發，提出各種創新的發想成為我的興趣之一。任職漢堡店時，我提議舉辦一個以國高中生為對象的「感謝父母」照片募集活動。只要拿著寫有感謝話語的活動手板，再用智慧型手機拍照上傳就可以了，非常簡單，因此很受歡迎，活動期間內來客數激增三成。這項活動成果也受到公司認可，決定推廣到所有分店，我並因此升任店長。我認為，創意可以透過幾種方法來產生，例如「A×B」「從市場所煩惱之事中發現」「與常識相反的思考」等等。我也希望能在貴公司的商品企畫方面充分發揮這項能力。

這個範例是先將自己的強項精簡為「創意」，接著以此為中心向下深掘，再向外傳達。尤其引人注目的，是在過去任職的公司發揮創意的行銷活動案例。光說「我很有創意」是說服不了任何人的，但只要提**出實際案例（尤其是自己的體驗），說服力就能大增**。

另外，受到書籍的影響而決心磨練創意力，這一點也能提高說服力。藉由「創意力就是我的強項（精簡）→理由（暢銷書的影響）→具體事例（過去工作的成功行銷活動）」這般向下挖掘的過程來推展論點，就能寫成一篇不容易偏離主軸的自傳。

　　當然，最重要的還是文章裡**「是否加入大量的禮物要素」**。尤其在精簡自己的強項時，更要特別注意這一點。不能只挑自己喜歡的特色，必須充分思考，站在對方（企業或負責招募的人員）的立場來看，哪一項是最能讓他們開心的。

　　舉例來說，如果是一個非常重視「企畫力」的職場，那麼展現自己「與企畫力相關的強項」較能提升「禮物」的效果；也就是說，比較容易達成「錄取」的目的。

　　我再重複一次，**文章必然有其目的**。求職者的最終目的，就是讓身為目標讀者的企業或招募單位產生「絕不能錯過這個人！」「超想錄取他！」的想法，對吧？正因如此，我們才需要透過撰寫文章，將這份最棒的禮物送給讀者，而書寫者也應該將心力放在此處才是。

如何快速寫好文章？

——最強的「萬用模版」

以模版為「嚮導」，
下筆如有神助！

　　雖然資訊都蒐集好了、書寫前的準備萬無一失，也能順利進行自問自答，但是離「行雲流水」或「下筆如有神」還是很遙遠？

　　在這邊，我想推薦給大家的是**文章模版**，也就是文章的形式規格。**只要能依事先決定好的結構來書寫，就能無痛完成一篇文章。**

　　稍後要介紹給大家的「結論優先型」就是依照「結論→理由、根據→具體範例→總結」的順序來撰文。

　　我們可以說，這個模版裡的每個部分，都是代替書寫者提問：「結論是什麼？」「會做出這項結論的理由或根據是什麼？」「有沒有什麼樣具體的範例？」「這篇文章的總結是什麼？」

　　書寫者只要回答模版丟給自己的問題就可以了。只要由上往下一一回答，很自然就能寫出文章。對於不擅長自我提問的人來說，模版可說是一種「順水推舟」的工具，也是非常強而有力的夥伴。如此一來，就能讓撰文變得更有效率。

　　此外，為了讓大家更容易理解這種方式，我會先用九宮格來過濾資訊；一旦習慣了，不使用九宮格、直接回答模版的問題也可以。請以自己喜歡的方式來享受輸出情報的樂趣吧。

瞬間抓住讀者目光的
「結論優先型」模版

　　如果想要井井有條地告知特定事項，可以使用「結論優先型」模版。不論在職場或私領域，這項萬能工具可因應各種不同場景來撰寫文章。

　　一言以蔽之，這種模版的特徵就是「先寫出結論」。雖然學校教我們寫文章要注重並依循「起承轉合」的順序，但在資訊爆炸的現代社會中，「先不提結論的書寫方式」其實有很大的風險。

　　如表 4-1 所示，「結論優先型」模版一開始就會寫出結論、並以該結論來引起讀者的興趣。

表 4-1　「結論優先型」模版的書寫順序

結論（訊息）
理由、根據
具體且詳細的範例
總結

起點

終點

在結論之後，接著寫出理由或根據。**將「結論」和「理由、根據」搭配成套，就能一口氣提升文章的說服力。**

至於「具體且詳細的例子」，這部分應該寫出自己或某人的經驗談，或是具體來說應該怎麼做等內容。

具體範例的作用，就是讓讀者腦中能浮現出具體意象。對某些讀者來說，光靠論點還是很難讓他們理解和接受；如果有具體範例，不但比較好懂，要接納書寫者的說法也更容易。

一開始就用結論驟然引起讀者的興趣及關注，在他們往下讀的同時，理解及接受度也跟著逐漸提升。這就是結論優先型模版的特徵。

結論優先型的文章很適合用來**提出 know-how 或新的發想**，因此在各種場合中，不論是透過電子郵件進行連絡，或是包含報告在內的各種商務文章，這種模版都非常有用。

假設公司每個月都要發一封與健康議題有關的電子報給訂戶，而這個月剛好要以「對第一次跑全程馬拉松的人來說，最推薦的是檀香山馬拉松」為主題寫一篇文章。

試著使用結論優先型模版吧！在此之前，我們先用九宮格來過濾一下檀香山馬拉松的資料。

目標讀者群應該設定為哪些人呢？畢竟是與健康有關的電子報，先假設為「對健康話題有興趣、四十五到四十九歲的女性」吧；預想的反應很容易理解，就是「決定去跑檀香山馬拉松，並向主辦單位報名參加」。

做了這麼多假設後，接下來要思考包括「對第一次跑全程馬拉松的人來說，最推薦的是檀香山馬拉松」在內的理由（資訊）中，最能打動目標讀者的禮物要素有哪些。

先利用第一章所介紹的基礎問題，將相關主題（此處為檀香山馬拉松）的基本資訊過濾出來，再以鏟子問題從不同角度挖掘出更深層的情報。

蒐集到的資訊範例整理如下表 4-2。

表 4-2　利用九宮格篩選「檀香山馬拉松」的資訊

① 檀香山馬拉松是什麼？ 每年 12 月在夏威夷歐胡島檀香山市舉行的馬拉松賽事	② 參加人數約有多少？ 每屆參加人數約為 2 到 3 萬人	③ 推薦給馬拉松新手的理由？ 沒有時間限制。也被稱為「全世界規定最寬鬆的市民馬拉松」
④ 推薦給馬拉松新手的理由？ 在溫暖的旅遊勝地以舒爽的心情奔跑（沿途風景令人心曠神怡）	【主題】 **推薦給新手的檀香山馬拉松**	⑤ 推薦給馬拉松新手的理由？ 只要是年滿 7 歲的健康人士都能參加
⑥ 沒有時間限制真的好嗎？ 對新手而言，時間限制會讓人不安，也帶來壓力（一旦有時限，就不能放鬆地跑了）	⑦ 沒有時間限制真的好嗎？ 不限時，反而能提高完賽率（據說檀香山馬拉松的完賽率高達 99％）	⑧ 沒有時間限制真的好嗎？ 就算累了，用走的也行。據說有很多花費 10 小時以上才完賽的人

在表 4-2 中，將檀香山馬拉松的優點「沒有時間限制」透過鏟子問題向下挖掘（提問⑥～⑧）。

使用九宮格過濾出資訊後，就輪到文章模版登場了。依文章模版提供的順序，一一將資訊填進去吧！順帶一提，這次預

設為約兩百五十至三百字的專欄文章。

表 4-3　依序將資料填進「結論優先型」模版

結論（訊息）	推薦檀香山馬拉松給第一次參加馬拉松賽事的人！
理由、根據	檀香山馬拉松被稱為「全世界規定最寬鬆的市民馬拉松」（沒有時間限制）
具體且詳細的範例	和其他馬拉松賽事不同，沒有中途失去參賽資格的情況（甚至有人花費 10 小時以上才完賽）
總結	對馬拉松新手來說，沒有時間限制的比賽壓力較小

　　只要按模版的順序將資料填進去，就等於完成了文章的大綱。

　　接下來就是正式下筆了。請用剛才列出來的這些資料撰寫文章吧；當然，如果在書寫的同時，有什麼新的想法或資訊浮現腦海，也可以直接放進文章裡。

　　如果您是第一次想挑戰全程馬拉松的人，那麼很推薦您參加每年十二月在夏威夷歐胡島舉辦的檀香山馬拉松。【結論】

　　這是因為檀香山馬拉松的規則中並沒有「必須在〇小時內完賽」的時間限制。這一點讓它被人稱為「全世界規定最寬鬆的市民馬拉松賽事」。【理由、根據】

　　事實上，由於不會發生中途失去參賽資格的情況，因此參加人數雖然超過兩萬人，但完賽的比例據說高達九九％；其中還有花了十小時才抵達終點的人。【具體範例】

　　沒有時間限制所帶來的龐大壓力，對馬拉松新手來說，可說是非常大的優勢。要不要試著挑戰看看呢？【總結】

　　這是一篇井井有條的文章。

　　即使在商場上，也經常需要寫出「具邏輯性」「簡潔有力」的文章。只要使用「結論優先型」模版，就不容易離題。

　　如果你身邊也有很容易把文章寫得支離破碎，或是經常被指出「那麼，這篇文章的結論（重點）是什麼？」「搞不太懂你要表達什麼……」的人，非常推薦他們使用這個模版。

效率佳且能表現意圖的「列舉型」模版

交錯著許多資訊的文章不但不好閱讀，也會讓讀者的理解度下降。這時候，如表 4-4 的「**列舉型模版**」可說是最適用的法寶。從電子郵件、商業文書，到社群媒體的投稿文章，都能應用此模版。

表 4-4 「列舉型」模版的書寫順序

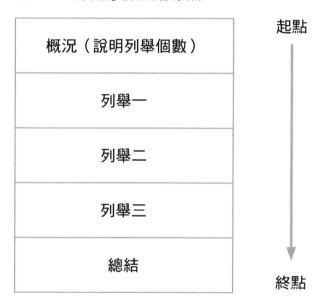

列舉型模版的重點在於，文章主題與列舉資訊的數量等，都會在一開始就告訴讀者。舉例來說，就是像「有三個重點」「有五項必須注意的事情」「有兩個訣竅」之類的。

列舉的數量至少要有兩項，最多請控制在七項以內。因為八項以上的資訊量過多，讀者無法完全吸收。**考量讓讀者「容易接收」這一點，推薦列舉三到五項即可。**

比如你打算在自己因興趣所經營的「為商務人士加油打氣的部落格」中，寫一篇「推薦午睡」的文章。這時候，可別沒頭沒腦地接連寫下「午睡的優點」，應該使用列舉的形式，逐項說明內容。

就像表 4-5，我們可以先用九宮格將有關「午睡」的資訊過濾出來。畢竟是想推廣午睡的文章，因此會在「午睡能提供的好處」上著墨較多。

表 4-5　利用九宮格篩選「推薦午睡」的資訊

①對於午睡的一般印象	②近年來，對午睡的印象有什麼改變？	③是否有企業將午睡納入規範？
怠惰。偷懶不工作。沒什麼好印象	科學證明午睡好處多，社會上的看法也因此有大幅改變	Google 和 Nike 等跨國企業都有此項福利，讓員工午睡的規範逐漸擴展到全世界
④午睡的好處？	【主題】 午睡為商務人士帶來的好處	⑤午睡的好處？
能增加每日睡眠量（消除慢性睡眠不足）		能增強記憶力
⑥午睡的好處？	⑦午睡的好處？	⑧午睡的好處？
能消除大腦疲勞	提升專注力	具有提升免疫力等健康方面的效果

利用九宮格過濾出資訊後，接下來就依序將資料填進列舉型模版吧。一般來說，部落格的文章不會寫到上千字，因此我們假設字數約在四百字左右，而列舉的項目縮減到三項。

表 4-6　依序將資料填入「列舉型」模版中

概況 （說明列舉個數）	午睡可為商務人士帶來三項好處
列舉一	減少睡眠不足：可增加每日睡眠時間
列舉二	提升記憶力：上午所學到的東西較容易變成記憶留在腦中
列舉三	恢復專注力：能消除大腦的疲勞，提升下午的專注力
總結	對健康有益，也能提高專注力的午睡，是商務人士不可或缺的

當然，書寫時若覺得「還是列舉四項好了」「五項好了」也沒有問題。到底要列舉多少項目，基本上只要以「讀者是否容易接受」為考量即可，最重要的是寫出列舉的重點。接下來，

根據這裡列出來的資訊寫成文章。

文章 1

> 　　養成每天約二十分鐘的午睡習慣，能為商務人士帶來三項好處：【概況（說明列舉個數）】
>
> 　　第一項是「減少睡眠不足」。大多數商務人士都有慢性睡眠不足的問題。只要能夠養成午睡的習慣，便能增加每天的總睡眠時間。【列舉一】
>
> 　　第二項是「提升記憶力」。人類處理資訊的方式，是在睡眠中進行記憶與整理。透過午睡，能讓上午的工作資訊有效留在腦中。【列舉二】
>
> 　　第三項則是能「提升專注力」。午睡能讓工作了一早上、已感到疲憊的大腦休息並恢復。如此一來，便能提升下午的專注力。【列舉三】
>
> 　　午睡不僅對健康有益，也能提升工作表現。許多跨國大企業如 Google 和 Nike 等，都已將午睡列入工作時程中，其他許多公司也正在跟進。想來午睡對商務人士來說是不可或缺的。【總結】

　　閱讀這篇文章時，大多數人應該都會覺得它「經過整理，容易閱讀」吧。

　　列舉型模版就像「衣櫥裡的收納層架」。假設一共有三層，大家應該會自然而然地決定「第一層放襪子、第二層放內衣褲、第三層放 T 恤」之類的吧。

　　為什麼會這麼做呢？因為按種類收納，找東西的時候比較

好找。如果完全不分類，揉成一團的襪子、內衣褲和 T 恤全都隨手丟進衣櫥裡，那麼要找衣服的時候，大概得手忙腳亂好一陣子；不過只要依種類分開擺放，就能很輕鬆地找到想穿的衣服。

列舉的項目就和收納層架一樣。**將不同資訊分開擺放，就能讓讀者毫不費力（沒有壓力）地閱讀。**

此外，除了文章 1 當中使用的「第一項是……第二項是……第三項則是……」這種寫法外，可使用於列舉項目的連接詞還包括以下這幾種方式。請依內容選擇適合的用語。

・第一～／第二～／第三～
・一開始～／接著～／最後
・首先～／然後是～／還有（以及）～

而在商務場合中，也有許多可使用列舉型模版的機會。以下是對演講主辦公司連絡窗口提問的郵件。請比較一下文章 2 和文章 3。

文章 2

關於下週（七日）的演講，請問當天幾點開始？
以及是否安排問答時間？
若已確定的話，希望您能夠告知。
另外，會場能買到佐佐木先生的書嗎？

不好意思，麻煩您幫忙確認一下。

文章 3

關於下週（七日）的演講，以下三個問題想請教：

一、當天開始時間
二、是否安排了 Q & A 時間
三、現場是否販賣佐佐木先生的著作

以上。
麻煩您了，請協助確認。

　　與不使用模版而直接將問題羅列出來的信件（文章 2）相比，將問題列舉出來再整合寫成的郵件（文章 3）絕對更容易閱讀。

　　以文章 2 來說，很可能會讓收信者漏看問題；對書寫者來說，要將散落在腦中的資訊整合成一篇文章，也是非常耗費力氣和時間的事。

　　另一方面，以文章 3 來說，由於使用編號列舉各項問題，所以可減少收信者漏讀的風險；對書寫者來說，也不需要太煩惱，直接寫下來就好，反而更有效率。

　　尤其是要利用郵件來傳遞複數資訊時（確認事項／提問事項），請善用列舉型模版。

容易讓讀者感同身受的
「故事型」模版

如果說，結論優先型和列舉型模版可讓讀者更容易理解和接受文章的內容，那麼接下來要介紹的**「故事型」模版**，就是用來獲得讀者共鳴的方法。

尤其是人們常說，這個時代是「共感時代」。有些時候，就算讀者能接受邏輯和數據，卻因為無法感同身受，使得文章無法達到預期目的。就這方面來說，**用故事型模版來寫文章，可以更容易獲得讀者（尤其是目標讀者）的共鳴**。只要情感上能被打動，行動隨之受到影響的可能性就會提高，文章的目的也會更有機會達成。

我們可以從表 4-7 清楚看到故事型模版的重點，在於文章一開始的「開端」：此處會表現出**「負面處境」**。

電影或連續劇剛開始時，主角有不少都正好處在「丟了錢」「被裁員」等負面處境中。而主角越是處在逆境，觀眾就越容易把自己的情緒投射到角色上。或許是因為每個人多少都曾經歷過「失敗體驗」或擁有「脆弱的自我」。

故事型模版便是活用了這個特性。請大家牢記，在開頭表現出來的「負面處境」，是**吸引讀者興趣和關注不可或缺的元素**。

表 4-7 「故事型」模版的書寫順序

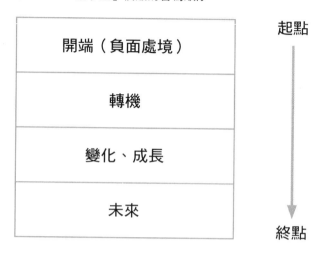

開端（負面處境）
轉機
變化、成長
未來

起點

終點

　　但如果主角一直停留在負面處境的話，就不能算是一篇故事了，讀者也很難產生同理心。因此主角一定會遇到轉機。轉機有許多種類，例如「與其他人相遇」「進入全新的職場」等，而這些轉捩點也將為主角帶來很大的變化與成長。

　　最後請記得使用帶有 happy ending 的意象、彷彿能讓人看到「光明未來」的結尾。**寫出從「負面處境（開端）」到「成功（未來）」的軌跡，較容易讓人產生共鳴與感動。**

　　值得一提的是，**一開始的「開端（負面處境）」和最後的「未來」落差越大，越能提高故事帶來的感動程度。**

　　舉例來說，有人委託你以「有效學習英語會話」為主題，在教育圈相關刊物撰寫一篇六百至七百字的專欄文章。這時候，如果使用故事型模版，就能讓文字更有真實感、更加引發讀者的共鳴。

首先，我們可以先使用九宮格來篩選資訊。使用故事型模版的時候，可依照時間順序將自己的體驗萃取出來。

　　目標讀者是哪些人呢？畢竟是教育圈的刊物，姑且先假設是「學校和補習班的老師」吧。至於讀者的反應，我想應該就是「我要將這種學習法介紹給自己的學生」。

　　設定好之後，我們接著要思考在「有效學習英語會話」這個主題中，有哪些能打動目標讀者的禮物要素。

　　先利用「基礎問題」將關於英文會話學習法的基本資訊過濾出來，再從這些資訊中選擇想特別深究的項目，以「鏟子問題」挖掘更深一層的訊息。畢竟是介紹學習法，想當然耳，「效果」和「學習法的重點」是不可或缺的。

　　首先，透過下頁表 4-8，我們可以看到書寫者原本的英文會話程度並不是很好，但他做了許多努力，也獲得相應的成果。接著，我們就可以將這些材料嵌進故事型模版中。

　　如表 4-9 所示，就算只讀篩選出來的資料，也已能明顯感受到這種英語會話學習法的魅力。由於開頭已經表現出「書寫者英語會話程度不佳」的負面處境，目標讀者（例如想學習英語會話的人）應該也會很自然地產生共鳴。

表 4-8　使用九宮格篩選「高效英語會話學習法」的資訊

①自己過去學習的狀況如何？	②在什麼機緣下接觸到這麼有效的英語會話學習法？	③看了哪些作品？
對英語會話感到很頭痛。基本上都是自學，也去過補習班，但程度並沒有提升	公司同事建議我觀看外國影集	90 年代美國非常受歡迎的家庭喜劇《六人行》
④觀賞時特別注意哪些地方？	【主題】 我的高效英語 會話學習法	⑤反覆觀劇的過程中，是否發現自己有什麼變化？
第一次搭配英語字幕一起看，第二次以後便關掉字幕，反覆觀賞		開始一個月後，慢慢可以理解劇情，甚至聽得懂笑點而大笑
⑥反覆觀劇的過程中，是否發現自己有什麼變化？	⑦「觀劇學習法」的魅力在於？	⑧「觀劇學習法」的魅力在於？
漸漸覺得劇中所使用的日常會話非常有趣	只要透過手機或平板，就可以活用零碎時間來學英語	可以在享受觀劇樂趣的同時，自然學會英語會話（沒有「學習」的強迫感）

表 4-9　依序將資料填入「故事型」模版中

開端（負面處境）	以前的我非常不擅長英語會話。雖然曾去英語會話教室上課，但程度還是無法提升，因此學到一半就放棄了。
轉機	同事告訴我「重複觀看外國影集的效果不錯喔」，於是我開始反覆觀賞家庭喜劇《六人行》。第一次看的時候，我會去查自己不懂的單字和片語，第二次之後就關掉字幕。
變化、成長	某個時候開始，突然發覺劇中的對話可以很自然地進入腦中，這種情況也變得越來越尋常。等到我回過神來，發現自己一邊聽著對話一邊大笑。
未來	現在我已很習慣透過「觀劇學習法」一邊欣賞內容，一邊記得許多日常會話。沒有比這更划算的英語會話學習法了，推薦給一直無法提升英語會話程度的人。

接下來，我們就使用表 4-9 的材料來撰寫文章吧。

　　以前的我真的很不擅長英語會話。雖然曾去英語會話教室上過課，但因為程度實在無法提升，結果中途就放棄了。也曾購買英語會話的相關書籍、自己努力學習，但還是無法開口說。因此我早就覺得「反正自己沒有英語會話能力」而放棄了。【開端（負面處境）】

　　但是有一次，公司同事告訴我：「你可以試著重複觀看外國影集啊！」因此我選擇了《六人行》這部影集反覆觀賞。第一次我會先跟著英文字幕一起看，並查閱不懂的單字和片語。第二次之後就會關掉字幕來觀賞。【轉機】

　　大概過了一個月，某天我突然驚覺，劇中的對話很自然就進入腦中了。等我回過神來的時候，發現自己正一邊聽著英語原音，一邊大笑。
　　也大概在那段時間，我在某個派對上遇到了一位美國人。這時候的我已經可以將對方說的話聽得一清二楚，也能順暢地說出自己的想法。不論是聽或說，都不覺得有壓力，連自己都感到驚訝。【變化、成長】

　　現在我已經養成了透過反覆觀賞影集學習英語的習慣，利用零碎時間觀劇成為非常享受的事。
　　不但能單純欣賞劇情，也能自然而然地學到日常會話的各種技巧。沒有比這更划算的英語會話學習法了。
　　就算是一直無法提升英語會話程度的人，我也能信心十足地向他推薦這個方法。【未來】

處在「開端（負面處境）」階段的主角，在經歷「變化、成長」後邁向「未來」，到最後幾乎判若兩人。這種**落差正是故事型文章的醍醐味，也就是讓讀者感同身受的重點所在**。說不定有些人讀過這篇文章後，會立刻想試試呢。

就算想說明這種學習法背後的理論，應該也很難獲得多大的共鳴；同樣的，如果省略文章 1 的「開端（負面處境）」，可能也不會讓人產生「想試試這種學習法」的念頭，甚至覺得聽起來不過就是擅長英語會話的人在炫耀罷了。

要讓讀者感到贊同、引發共鳴，甚至採取行動，故事型模版可以發揮極大的力量。

提到故事型文章，也許有很多人覺得必須編得像長篇歷史劇那樣浩大壯闊才行，但事實並非如此。這是種不論任何人都能把自己身邊的小事做為材料、輕鬆使用的模版。接著以下面的文章 2 為例：

文章 2

> 我被路緣石絆了一下。正當腦中想著「危險！」的瞬間，
> 我盡了自己最大的努力重新站好，總算免於跌倒的下場。

在這樣短短的幾句話中，已經包含了故事的所有要素。在這麼短的情況下，即使省略掉最後的「未來」，故事依然可以成立。

- 開端　被路緣石絆了一下
- 轉機　腦中想著「危險！」的瞬間，我盡了自己最大的
　　　　努力重新站好
- 變化、成長　總算免於跌倒的下場

　我們可以看到，「開端」和「變化、成長」之間有非常大的落差。

　另外，這個故事還能夠像文章 3 這樣，以更簡短的方式表現出來。

文章 3

「啊，糟了！」【開端（負面處境）】
「嘿咻！」【轉機】
「呼——得救了！」【變化、成長】

　就像這樣，即使全文只有大約十五個字，還是能創作出非常具臨場感的故事。就算完全沒有說明式的描寫，腦中也能浮現「千鈞一髮」的畫面。

以「事件 × 情感型」模版 來表現自我

　　你是不是有過這樣的經驗？雖然自己覺得「以我來說，這篇文章寫得還不錯」，但讀者反應卻很冷淡，甚至完全沒有回應。

　　我們幾乎可以斷言，具有魅力的文章，必然會寫出書寫者的「感覺」或「發現」。相反的，未寫出這一點的文章，可能只寫出了客觀性的事實，讓人無法見文如見人。這樣一來，讀者的反應就會非常乏善可陳。

　　如果是商務性文章也就算了，因為這類文章的目的本來就是以傳達資訊為主；但在能表現自我的社群媒體上，如果完全沒能將書寫者的個性展現出來的話，未免太可惜了。

　　除非看見書寫者的思考和個性，否則讀者不會對文章產生興趣和關注，請大家務必記得這一點。

　　如果你很不擅長寫出自己的想法，那麼請試著使用「**事件 × 情感型**」模版。

　　這種模版可以將發生的事件與相應的「感覺」或「發現」組合在一起。就算只是把格子填滿，也能用來練習如何展現個性，請務必嘗試。

表 4-10 「事件 × 情感型」模版的書寫順序

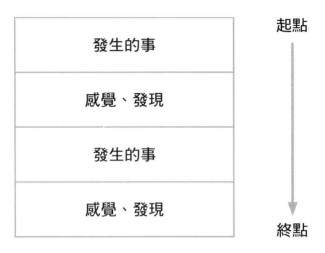

以這種模版來說，並不需要特地使用九宮格。相反的，只要寫下已發生的某件事，就一定要寫出與該事件相應的感覺或發現。重複這個模式後，自然而然就會變成引人深思的文章。

下面的文章 1 是某人記錄自己前往美國旅行的臉書文章。

文章 1

> 我搭乘從羽田機場飛往洛杉磯的班機。在機場辦理登機時，才發現似乎因為航空公司超賣座位，我因此被免費升等到商務艙。
>
> 座位是非常寬敞的半個人空間，可以平躺。機艙餐點也很高級，不論是食材或器皿，都像是高級飯店的等級。

　　文章所敘述的是從經濟艙被升等到商務艙所發生的事。雖然書寫者覺得這是非常特別（幸運）的經驗，但很可能無法獲得多少個「讚！」吧。

　　為什麼呢？因為只是單純把發生的事情羅列出來。**這種沒傳達出書寫者喜悅與感動的文章，幾乎不會有人對它產生興趣。**

　　接下來，我們試著把文章 1 嵌進「事件 × 情感型模版」。如表 4-11 所示，把書寫者的情感與發現全都加進去，並依序將

表 4-11　依序將資料搪入「事件 × 情感型」模版中

發生的事	我從羽田機場搭乘前往洛杉磯的飛機。在機場辦理登機時，才發現似乎因為航空公司超賣座位，我因此被免費升等至商務艙。
感覺、發現	真是太幸運了！我最近在工作和私人方面都沒遇到什麼好事，免費升等真是讓我超開心的。
發生的事	座位是非常寬敞的半個人空間，可以平躺。
感覺、發現	我本來就不是容易在飛機上熟睡的人，現在因為身體能躺平，才有辦法睡得很好。後來也沒有太大的時差問題，都是託了在飛機上熟睡的福。

表 4-11　依序將資料填入「事件 × 情感型」模版中（續）

發生的事	商務艙的餐點也很高級，不管是食材或器皿，等級都和高級飯店一樣。
感覺、發現	過了一段非常幸福的時光。前菜、主菜、點心……才吃完一盤，下一盤馬上送了上來。光是座艙人員的用心，就能讓人體驗到獲得款待的「特別感」。這是我有生以來第一次覺得飛機餐竟可以如此美味。

這些資訊輸出到表格裡。只要寫出「感覺」和「發現」，內容就能變得更有深度，最後再以列出來的材料編織成一篇文章。

文章 2

之前我從羽田機場搭乘前往洛杉磯的飛機。在機場辦理登機時，發現似乎因為航空公司超賣座位，我因此被免費升等到商務艙。

真是太幸運了！最近在工作和私人方面都沒遇到什麼好事，免費升等還真是讓我挺興奮的。

座位是非常寬敞的半個人空間，可以平躺。我本來就不是容易在飛機上熟睡的人，現在因為身體能躺平，才有辦法睡得好。後來也沒有太大的時差問題，都是託了在飛機上熟睡的福。

此外，商務艙的餐點也很高級（不論食材或器皿，全都是高級飯店的等級），過了一段非常幸福的時光。前菜、主菜、點心……才吃完一盤，下一盤馬上就送了上來。光是座艙服務人員的用心，就讓我體驗到什麼叫一百分的「款待感」！這是我有生以來第一次覺得，飛機餐竟可以如此美味。

以文章 2 為例，因為能隨著文章體驗到「書寫者的心情」，因此不但容易感同身受，也容易產生共鳴。比起文章 1，這篇應該更容易獲得「讚！」才是。

只要將書寫者的感受與發現全部化為文字，就能增加文章的魅力，讓它變得更迷人。

寫出所發生的事件，再接著寫出「感覺」和「發現」。只要重複這些步驟，就能寫出「只有我才能寫」的文章。

如果是不擅長表達個人想法與感受的人，請務必使用「事件 × 情感型」模版來練習。

善用模版，
瞬時提升撰文力

以上介紹了四種文章模版。

只要因應文章的主題，選擇適當的模版，不但能快速寫好文章，品質也能同時獲得提升。而且一旦習慣模版的書寫順序與思考流程，就不必事先寫在紙上，而能直接在腦中處理這些步驟。

- 結論：在幼兒時代養成讀書習慣較好
- 理由、根據：因為這樣能養成將來生存所須且非常重要的「對話力」
- 具體範例一：提高對話力，就能提高解讀力，考試時，不但能正確理解問題，也能提高答題的正確率
- 具體範例二：提高對話力之後，不但能理解他人話中的內容，也能適度傳達自己的想法，整體的溝通能力也獲得提升
- 總結：養成讀書習慣，就能夠拓展孩子未來的可能性

只要能在腦中約略列出如以上的項目，就等於掌握了這篇文章需要的所有要件。實際上撰文時，由於腦中已有準備好的文章草稿，使得書寫速度跟著變快。再加上實際書寫時，等於是對腦中的骨幹（草稿）賦予血肉（充實內容），文章也得以展現厚度與深度；也就是說，文章的品質自然能提高。

更進一步來說，當我們習慣使用以上的模版後，甚至可以

重新搭配組合，設計出獨一無二的新模版。

　　舉例來說，結論優先型的書寫順序是「結論→理由、根據→具體且詳細的範例→總結」。我們也可以拿「理由、根據」這部分來搭配列舉型模版，先說明「理由有三個」，接著列舉「理由一」「理由二」「理由三」，再說明具體範例。

　　又或是將各模版串連在一起：先以故事型來引發共鳴，再以結論優先型來提高讀者的接受度，這種方式也不錯。請各位因應不同的文章目的與分量，多下點工夫、設計更多模版吧。

　　只要能掌握一個讓你覺得「這就是我最擅長的類型！」的模版，寫作文章的技巧就能益發精進；而撰寫文章時，也別忘了帶著滿滿自信，這才是最重要的。

　　請大家先從本章所推薦的四個模版開始，試著使用它們、以它們做為撰寫文章的武器吧。

第 5 章

第一步就從
社群網站開始

從「單一訊息」開始

最適合用來當做「文章暖身操」的，就是社群網站。其中一項原因，就是任何人都能輕鬆投稿。

諸多社群網站中，我個人最推薦的是推特。以日本為例，在推特上發文甚至被稱為「自言自語」，是任何人都能輕鬆使用的媒體；就算是新手，也能不費吹灰之力地張貼文章，可說是上上之選。在人手一部智慧型手機的時代，發文變成一件既迅速又簡單的事。

推特每則貼文的字數上限為一四〇字。以三百字的稿紙來說，是連一半都不到的分量。由於只有這麼一點點空間，使得能夠告知的內容只有「單一訊息」——也就是「一件事情」。

動不動就寫出萬言書的人，在這種限制下，必須濃縮訊息才行；相反的，只能寫出寥寥數語的人，則得加入更多資訊。不論你是哪一種，字數限制就是一四〇字，因此**非常適合用來練習如何濃縮與精簡自己想傳達的事情**。

假設自己正試著寫一則與聖誕卡有關的貼文。如果是你，會寫些什麼呢？請稍微想一想。就算只是要寫出「自己寄／不寄聖誕卡」，應該也有許多不同的敘述方式。

以下介紹兩篇文章範例。

文章 1

> 有些人會寄聖誕卡，有些人不會。好像兩種人都有呢～

> 又到了寄聖誕卡的時候啊？有點煩惱要不要寄呢。大家都
> 是怎麼決定的呢？

　　文章 1 完全是旁觀式的自言自語；文章 2 則是表達了迷惘心情的貼文。一開始只要寫類似這樣的輕鬆內容就夠了。

　　另一方面，為了提高撰寫文章的能力，可試著挑戰把自己的見解和意見寫進文字裡。

　　文章 3 的內容中就寫出了書寫者的意見。

文章 3

> 今年我並不打算寄聖誕卡。現在已經是透過智慧型手機或
> 社群媒體，就能與他人輕鬆聯繫的時代。雖然是特殊節日，
> 但是不特別寄卡片打招呼什麼的也沒關係。需要的時候，
> 再跟對方連絡就可以了。

　　書寫者的意念與判斷 —— 說得更精確點，就是價值觀、思維、思想等東西，是撰寫文章時不可或缺的動力。

　　如果你想用文章打動讀者的心，請試著明確寫出個人內心感受與意見，勇敢發布吧。

重視「感受」，
讓角色變得鮮明

就算告訴大家，要明確表現出自己內心的感想或意見，應該還是會有人覺得「很難馬上做到這一點」。

我當然可以理解，有些人在發布貼文前會變得特別敏感，萌生「寫這種事情，可能會被人討厭」「我的意見會不會太極端了」等想法，並因此感到退縮。

但世界上有許多事情並不能單純以「好／壞」來切割區分。舉例來說，喝酒有優點，當然也有缺點。就算你覺得「我喜歡喝酒」，但有些人並不是這樣，說不定還會在心裡大喊「我最討厭酒了」。

因此，如果太過在意周遭的意見，就會失去自己的主見，書寫也就會變成一點都不開心的事。

請先理解「世事好壞並非涇渭分明」，你自己要有明確的立場，如此一來，書寫者的「作者樣貌」才有辦法傳達給讀者，你的「個人特色」也才會變得鮮明。

接著，我們就試著以「喜歡／不喜歡酒」為例子，來寫兩篇立場不同的文章。

1
2
3
4
5

第一步就從社群網站開始

6

文章 1

> 我之所以喝酒的理由，在於想掙脫「理性」的枷鎖。雖然人要活下去，就必須維持理性，但是被理性束縛的人生一點也不有趣。喝了酒之後，不但能湧現新的創意，也會萌

生挑戰的念頭。酒對我來說是項必需品，是「打破自我外殼的裝置」。

文章 2

我不喝酒，是因為據說智商會因此下降。「每天喝酒＝智商每天會降低幾小時」。在有限的人生裡，沒有比這種狀況更悲傷的了。我還寧可去讀書什麼的，用那幾個小時投資和打造自己的未來。

文章 1 是「飲酒派」的投稿；文章 2 則為「不飲酒派」的投稿。不論是哪篇投稿，當事者本人的意見都非常明確。從這樣的觀點來看，不管是文章 1 或 2，應該都能打動人心才是。

那麼，以下的文章 3 又是如何呢？

文章 3

喝酒這件事，應該有好處也有壞處吧。我會視自己的身體狀況決定是否喝酒。

倒也不是多糟糕的文章，但由於並未明確站在哪個立場，因此很難打動人心。

寫文章的時候如果一直考量內容平衡的話，就很容易失去作者應有的個性（當然，如果行文的中立性或均衡感夠鮮明的話，也有可能成為作者的個人特色）。就算一開始拿捏不好也沒關係，請在文章中明確表示出自己的立場和觀點，並將它寫

成文章。

　　有些人可能會想：「要是明確寫出自己的意見，會不會遭到批判？」並因此感到非常不安。當然，可能性並不是沒有，遭遇反對意見或批評時有所聞。不過要知道的是，那並不是在否定你本人。

　　除此之外，可能也會有人覺得，要是發文後導致追蹤者減少，不是很可惜的事嗎？但社群媒體畢竟是「自媒體」，也就是「你的專屬媒體」。**如果為了和其他人一樣而隱藏真正的你，不就等於否定自己嗎？當然也不可能做為鍛鍊文章的練習。**

　　人人擁有不同的感想或意見是理所當然的事情。如果太過在意他人臉色，就只能寫出無關痛癢的平凡內容。進一步來說，如果一直重複這種行為，作者本人將會累積相當大的壓力，無法開心書寫。而從讀者的觀點來看，這些文章也都只是稀鬆平常的意見，感受不到任何趣味。

　　誠實表現出自己的感覺和想法，是讓文章獲得贊同及共鳴的必要條件。

　　就算是那些意見領袖的文章，我們也可以發現，坦率表現個人感受的例子並不在少數。

　　即使追蹤者減少了，換個角度想，其實就等於「只剩下相當支持你的粉絲」喔！

　　只要不是誹謗中傷、妨害善良風俗的文章，寫什麼都沒問題。**請先誠實地表現出自己現在所感受到的事。**

　　或許有人會問：「寫出自己的感想和意見？但是第三章裡

不是說『禮物』要素非常重要嗎？」

事實上，這兩件事並沒有矛盾。

文章撰寫的最高目標，就是在**明確闡述自己的感想和意見的同時，也將「禮物」送給目標讀者。**

本章所要說明的，是在思考如何以文章送出禮物前，先練習寫出自己的感想和意見。在還無法好好寫出個人觀點的情況下，先把「禮物」放一邊也沒關係。

一邊發布貼文，
一邊找出「自己的型」

第四章曾為大家介紹過「結論優先型」模版，如果要用在一四〇字左右的文章，就算只寫出第一個步驟的「結論」，應該就夠了。用「只寫出結論」的文章練習如何明確表達自己的想法也很有效。

只發表結論的貼文範例

・人類的臉孔或許是「為了與人相遇而存在的」呢。

・「依存」和「共存」是不一樣的。

・我發現自己有「我不具情感」這樣的感覺。

・如果希望別人在背後推一把，就得先把背後露出來給別人看啊！

・運動（尤其是球類）中最能鍛鍊的能力，應該就是預測力吧？

發表「只說結論」的貼文時，可以在語尾多花點心思，如此一來，就更能明確傳達出自己想要的語感。舉例來說，最後一則貼文範例的結尾「應該就是預測力吧？」其實也有很多變化，以下是幾個範例（請注意：每句的語感都不同）：

・就是預測力。

・或許正是預測力。

・我認為是預測力。

・我想，應該是預測力吧。

- **總覺得應該是預測力。**
- **我真心認為是預測力。**
- **可能是預測力？**

　　透過「只寫結論」的練習，習慣明確表達自己的意見和想法後，就可以慢慢增加文章分量。以下是從我個人的推特中節選出的幾種發文類型：

文章 1

> 「休假」和「閒暇」不同。「休假」是為身心灌注能量，「閒暇」則會給人莫名的不安與恐懼。

文章 2

> 對於那些恐懼「說不定我無法跨越……」這堵高牆的人來說，可以先試著接近它。因為看起來像是一堵牆的東西，其實只是許多非常細小的樓梯聚集在一起罷了。

　　以上兩篇投稿，都是將**結論與理由**結合在一起。閱讀「理由」的時候，只要能讓讀者覺得「原來如此！」就算成功了。

文章 3

> 在腦中的東西並非「思考」，不過是一片「霧靄」。說出口、寫成文章、化為行動，才能叫「思考」。

這篇投稿是「**否定 × 結論**」。第一句話是「否定」；第二句則是「結論」。由於會產生落差，使得結論更容易凸顯。

文章 4

> 如果沒寫過文章該怎麼辦？只要寫下「我沒寫過文章」即可。

　　這篇貼文是「**問題 × 結論**」。先將問題拋出來，就能提高讀者對回答的期待。

文章 5

> 很少有人會把納豆放在吐司麵包上一起吃吧，我想大多數人應該都是配白飯。換句話說，組合的不同，能夠改變事物的好壞。如果事物朝不好的方向前進，那麼與其改變事物本身，改變一下搭配組合說不定會比較好。

　　這篇貼文是「**範例 × 結論**」。先舉出範例，更容易表現結論的內容。例句是藉由「納豆的搭配組合」來表述「事物的搭配組合」這個結論。

文章 6

> 我在當雜誌記者時，經常被告知：「寫的時候要把讀者當笨蛋。」當然，並不是字面上的意思，而是表示「要寫出所有讀者都能理解的文章」。

這篇貼文是「**小故事 × 結論**」。如果想告訴大家自己藉由小故事獲得的教誨，這種形式非常好用。

文章 7

> 是不斷尋找「缺少之物」的人生？還是持續磨練「擁有之物」的人生？這是個好問題。

這篇貼文是「**比較 × 提出問題**」。只要能讓讀者思考「我屬於哪一邊？」就成功了。甚至有些人還可能會想到：「那寫這段話的人自己又如何呢？」無論如何，這種形式擁有將讀者捲入的魅力。

文章 8

> 昨天晚上妻子跟我說：「阿拓，下次我會買小松菜回來，你可以幫我跟水果一起打成果汁嗎？我會給你十塊錢。」十塊錢……我是小學生嗎 ?!

文章 9

> 最近每天都和非常喜愛《魯邦三世》的女兒一起觀賞其動畫電影《卡里奧斯特羅之城》。我問女兒「喜歡魯邦卡通裡面的誰」，結果她回答「錢形老爹」！這、這孩子……明明是個新手，竟然這麼快就成為魯邦的高階粉絲了 ?!

以上貼文都是「**小故事 × 一句話**」。寫出對小故事的感想或意見，就能表現個性。其中的文章 8 和 9 都是希望能讓人會心一笑的吐槽風格。

　　當然，最重要的是找出能讓自己輕鬆書寫的文體和形式。為了做到這一點，大家可以依不同風格試寫看看。

　　在貼文的同時，也可以蒐集「很有感／無感」「有回應／沒回應」「寫得很開心／覺得很無聊」「很好寫／不好寫」等資料。持續嘗試後，應該就能找到具有個人風格的投稿主題或文章結構。

寫出半徑五公尺
以內的「哏」

　　「寫出半徑五公尺以內的哏」這個想法，對於寫出具有原創性的文章來說，是非常重要的。

　　舉例來說，要討論教育問題時，固然可以使用「我國的教育系統……」為開端，但如果要從更高的角度來討論，就需要許多知識與經驗，而那是教育者或研究教育相關議題的學者才辦得到的。

　　這時候，請將目光轉往自己半徑五公尺以內的範圍。舉例來說，如果所寫的是教育與自家兒女的關連性，那麼就算是教育家或學者，也沒有任何人能寫出和你一樣的東西。以自己的孩子舉例的同時，也談論教育系統的議題，一樣可以成就一篇魅力與說服力兼具的文章。

　　接下來，我們就以「日本景氣」為題，分別以「專家視角」（文章1）和「寫出半徑五公尺以內的哏」（文章2）來撰寫文章。

文章1

　　以政府公布的景氣動向指數來看，日本目前的確處於長期景氣恢復期。但可能由於通貨緊縮及人口減少（市場縮小）的影響，國民並沒有什麼機會實際感受到景氣復甦。也有些人主張「安倍經濟學」的確有提升效果，但那只能

説是仰仗數字魔法去銷帳的高風險政策。

文章 2

　　經常看到新聞報導提到日本景氣復甦，但我的薪水
可是連一點增加的影子都沒有呢（當然零用錢也是）。在
居酒屋裡，會喝酒喝到把領帶綁在頭上發酒瘋的人也不多
（笑）。不管是旅行，還是一般購物，都看不出大家有鬆
開錢包的樣子。雖然因為通貨緊縮，只要用一枚銅板就能
吃一頓午餐，但這和景氣復甦是不一樣的吧？無法感受到
的景氣復甦，到底是什麼呢？真希望能有以國民感受為標
準的新指標啊！

　　並不是說「專家視角」的文章不好，但內容實在太過抽象
且專業。如果並非該領域的專業人士，卻以專家視角來撰寫文
章，說不定還會被認為是自吹自擂呢；當然，暴露出自己知識
不足的風險也很高。

　　另一方面，「我的薪水」「零用錢」「居酒屋」「錢包」「銅
板價午餐」等等，都是以站在一般民眾角度所列出的關鍵詞。
只要像這樣「寫出半徑五公尺以內的哏」，就能讓讀者覺得非
常具有真實感，也容易產生共鳴與理解。

　　由此可知，**對撰寫者來說，寫出「半徑五公尺以內的哏」
不但較容易，也容易提高讀者的回饋率**。而「半徑五公尺」的
真相，其實就是書寫者本身的日常體驗、意見和主張。

這裡想再次提醒大家，社群媒體是「你的專屬媒體」，不需要刻意裝模作樣。讓人看到媒體主人，也就是「書寫者」的面貌是最重要的。

　　另一方面，你那「半徑五公尺以內的哏」是他人無法踏入的聖域。在這片聖域裡，有許多其他人絕對寫不出來的素材。從其中找出可用來發布文章的哏，正是引起讀者興趣的祕訣。

謹記社群媒體的特性

在社群網站上發布的文章，與必須交給學校的作文或論文不同，不需要寫出能讓老師滿意的東西，也不需要以能獲得高分的方式來撰寫。因為就算寫出既正確又認真、邏輯滿分的文章，也不一定能受到網友歡迎；反倒是獨特又彷彿天外飛來一筆的貼文，更有可能獲得青睞。以下是在社群網站上常見的文章類型。

表 5-1　社群網站常見的文章類型

不易獲得共鳴的文章	容易獲得共鳴的文章
正確理論（常識）	真心話
自吹自擂	自我解嘲
成功經驗	挫折經驗
一本正經的內容	開心的內容
抽象的內容	具體的內容
老哏	正流行的哏
上對下的視角／下對上的視角	平等的視角
粉飾（誇飾）的內容	不過度矯飾的內容
平凡無奇的內容	包含驚奇與發現的內容
好像在哪裡聽過的內容	第一次聽說的事
會讓人心情不好的內容	能讓人心情開朗的內容

尤其是很容易覺得「一定要寫出正確說法才行」或「非寫出一般人都知道的內容不可」的人，更特別需要留意。因為瀏覽社群網站的人，多半不想看所謂「正確的論點」「一般性理論」或「常識」。

　　上頁表 5-1 的內容只是大致上的分類。當然也有些人可以一方面「非常認真地寫出正確論點」，一方面又表現出「作者的個性」。請記住，**最重要的莫過於「作者的個人特色」**。把這些文章類型放在心上，並寫出具有個人特色的文章，是再好不過的了。

磨練文法力和語彙力①：
一句一義

在只有一四〇字篇幅的情況下，必須寫出能輕鬆將主旨傳達給讀者的文章。而為了避免使用容易招致誤讀或誤解的寫法，應該多加磨練撰寫文章的基礎：「文法力」和「語彙力」。

只要記住以下所介紹的五項重點，即使是「難讀的文章」，也能變成「好讀的文章」；就算原本是「不易獲得共鳴的文章」，也會成為「容易獲得迴響的文章」。

撰寫文章的大原則之一，就是「一句一義」。意思是說，**一句話裡（從開頭到句點為止），只寫出一項資訊。**

每句話所含的訊息越少，越能減少大腦所要處理的資訊量，也能提升讀者的理解度。

接下來請閱讀和比較以下兩段文章。

文章 1

> 上週末，我久違地去了一趟迪士尼樂園，不過那裡的人還真多啊，我只好萬分悲傷地放棄了最愛的小小世界，然後雖然有玩到妻子喜歡的巨雷山，不過礦山列車以超快速度穿過已成廢坑的岩山實在萬分驚險，而且我還坐在據說是三倍驚險度的最前方右側座位，結果發出了連我自己都非常驚訝的尖叫聲。

> 　　上週末，我久違地去了一趟迪士尼樂園。那裡的人還真多啊。我只好萬分悲傷地放棄了最愛的「小小世界」，轉而乘坐妻子喜歡的「巨雷山」。礦山列車以超快的速度，穿過已成廢坑的岩山，實在萬分驚險！而且我還坐在據說「三倍驚險度」的最前方右側座位，結果發出了連我自己都非常驚訝的尖叫聲。

　　閱讀比較後，各位覺得如何呢？我想，文章2讀起來應該比較輕鬆吧。

　　就文章1來看，書寫者自己也許寫得非常順手；但對讀者來說，卻是一篇負荷很重的文章。句點只出現在整段文章最後，光是這「一句話」，就超過了一三〇個字！而且裡面還加入了各式各樣的資訊，讀者光是要整理訊息，就得費上好一番工夫。

　　這種在一句話裡塞了許多訊息的文章，稱為「一句多義」。對於閱讀能力不是那麼好的人而言，難度非常高。讀者一旦覺得「好難讀」，便很可能不會再看這位書寫者的文章。

　　至於文章2，除了句點以外，還添加了驚嘆號，將整段文字區分為五個小段落，雖然內容上並沒有太大的變化，卻好讀很多。

　　書寫文章時，不要太過急躁。告知一項訊息後，這句話就**不要再增加新的訊息，接著再寫下一句就可以了**。不需要以「跑馬拉松」的感覺來寫文章，而是像接力賽一樣，不斷將棒子傳下去。

此外，文章 2 刻意在設施名稱的前後加上引號，這是為了讓讀者較容易看到關鍵詞，也是讓文章變得更好讀所做的努力之一。

磨練文法力和語彙力②：
讓主語和謂語靠近點

　　由於語言本身的特性，我們常常忽略句子中「主語」與「謂語」離太遠的問題（簡單來說，「謂語」是用來描述主語的性質或狀態）。這一點請各位務必注意，尤其是寫文章的時候，主語和謂語若是相隔太遙遠，讀者的理解度就會下降。

　　請看以下的兩段文章。

文章1

> 本校根據所委託之顧問公司指示，以提高在籍學生滿意度為目的，針對畢業生升學率之數值化及各社團運作狀況進行問卷調查。

文章2

> 本校針對畢業生升學率之數值化及各社團運作狀況，進行問卷調查。此為所委託之顧問公司的指示，目的是提高在籍學生滿意度。

　　各位覺得如何呢？文章1的主詞「本校」和謂語「進行問卷調查」距離太過遙遠，因此讓人覺得拖泥帶水。說不定有些人會讀得很煩躁：「嗯？這所學校是……呃……做了什麼？快點說啊！」甚至讓人覺得看不下去，根本沒有耐心讀完，早早便放棄。

另一方面，文章 2 又如何呢？我們可以看到，主語和謂語很靠近，因此比起文章 1，文章 2 的易讀性提高了許多。

因為是自己習慣的語言，所以往往不會多加留意主語和謂語容易離很遠的這個特性。撰寫文章時，請隨時注意這一點。

比較敏銳的人應該都已經注意到了，「主語與謂語盡量接近」這項原則，和稍早提的「一句一義」有著密切關係。

這是由於一句話如果太長，就會有主詞與謂語分離的風險；也就是說，**要讓相關的敘述貼近主詞，牢記「一句一義」的原則也是非常重要的**。

磨練文法力和語彙力③：
修飾語和被修飾語要靠近點

　　和前一篇討論主語和謂語的關係類似，撰寫文章時，還須注意「修飾語」和「被修飾語」不能離太遠。兩者距離不夠近的話，讀者就會搞不清楚這修飾語到底是用來修飾誰的。

　　請看下面的文章 1。

文章 1

> 盡可能想早點展現成果的話就好好用功。

　　可能大部分的人都認為，「盡可能」是用來修飾「想早點展現成果的話」，對吧？但如果撰文者真正想用「盡可能」來修飾的，其實是「好好用功」的話，這個句子就很容易招致誤解。原因就是修飾語（＝「盡可能」）與被修飾語（＝「好好用功」）隔得太遠。

文章 2

> 想早點展現成果的話，就盡可能好好用功。

　　像這樣，修飾語就在被修飾語旁邊，如此一來，就更能表達書寫者真正的意圖。請盡量為了不招致誤會或產生誤讀，讓修飾語與被修飾語接近一些。

好了，如果你剛才覺得「自己好像看到了奇怪的句子」，那就及格了。

文章 3

> 請盡量為了不招致誤會或產生誤讀，讓修飾語與被修飾語接近一些。

這麼寫的話，大部分的人應該都會認為「請盡量」是用來修飾「為了不要招致誤會或產生誤讀」對吧？但其實「誤會」或「誤讀」不該說是「盡量」，而是「絕對要」避免才是。因此，撰文者腦中的「請盡量」要修飾的其實是「讓修飾語與被修飾語接近一些」。那麼，該怎麼寫才好呢？正確範例如以下的文章 4。

文章 4

> 為了不招致誤會或產生誤讀，請盡量讓修飾語與被修飾語接近一些。

另外再介紹一個例句。

文章 5

> 這是在富含礦物質的伊勢志摩的洶湧大海中長大的鹿尾菜。

文章 5 裡「富含礦物質的」究竟是修飾「伊勢志摩的洶湧大海」，還是「鹿尾菜」？實在令人摸不著頭緒。假設「富含礦物質」是要用來修飾「鹿尾菜」的話，就應該讓兩者靠近些，如以下文章 6 所示。

文章 6

> 這是生長在伊勢志摩的洶湧大海中、富含礦物質的鹿尾菜。

又或者為了避免誤讀，乾脆打上句點，將句子分成兩個短句，也是個不錯的方法。

文章 7

> 這是富含礦物質的鹿尾菜。生長在伊勢志摩的洶湧大海中。

另一方面，如果想將「富含礦物質」拿來修飾「伊勢志摩的洶湧大海」，那麼以下面的方式來表現，就不容易被人誤解。

文章 8

> 這個鹿尾菜，生長在伊勢志摩富含礦物質的洶湧大海中。

最重要的是，在撰寫文章時，必須明確表現出**修飾詞要修飾的語詞究竟是哪一個**。表現方法主要包括以下三種：

- 讓修飾詞與被修飾詞接近些
- 在適當的地方標上句點
- 在文字表現或敘述方面多下工夫

　　方法並不只一個，當然可以擇一使用，三個一起用也無不可。只要讓修飾詞和被修飾詞的關係明確，就不必擔心造成誤解或誤讀。

第一步就從社群網站開始

磨練文法力和語彙力④：
不使用多餘的詞彙

在第一章曾提到，文章應「『以熱情』書寫；『用冷靜』修改」，其重點在於刪除「不需要的內容」。

至於在這裡，要告訴大家的則是：刪除不需要的「詞彙或說法」有多重要。

尤其只要懂得善用修飾語和形容詞，一句話想寫多長，就可以寫多長。舉例來說，明明只要寫「我贊成」就好了，既可以寫成「我想我應該贊成」，也可以用「以我目前的考量來說，個人傾向贊成」來表示。問題是：沒有特殊目的或意圖時，毫無意義地把句子拉長，只會讓文章變得拖泥帶水、難以閱讀。

就算內容不錯，要是文字過於累贅，甚至有可能讓人產生「我不想再讀這個人寫的東西」的想法。

如果要寫的是以簡潔明快為上的商務文章，結果卻寫得拖沓累贅，很容易被周遭貼上「無能者」的標籤，必須多加注意。

下面兩段文章的內容都和「打算如何度過新年假期」有關。請比較這兩篇的易讀性。

文章 1

基本上，新年假期在各鄉鎮及觀光景點的人潮都非常洶湧，到處都很擁擠。由於會有這種狀況，因此我不會特地在這種時候因為自己的喜好而出門旅行。今年也會讀一些因為工作太忙碌而一直無法閱讀的書籍、到附近的公園與許久沒好好相處的孩子們玩耍，我想著自己就打算這樣

利用時間吧。

　　各位覺得如何呢？雖然大致上可以讀懂文章在說什麼，但應該有很多人讀著讀著，忍不住覺得「好煩」，對吧？

　　接下來，將「繁複的表現」「好像有其意義，但其實沒有的語句」「不放也沒關係的修飾語（副詞與形容詞等）」這些不必要的東西刪除。完成的就是以下的文章 2。

文章 2

　　新年假期期間，各鄉鎮和觀光景點的人潮都非常洶湧，因此我不會特地在這種時候出遠門。今年我會待在家裡讀一些平常沒空讀的書、到附近的公園和孩子們玩耍，打算就這樣利用時間。

　　將文章 1 刪除大約四成後，那種令人煩躁的感覺便消失了，也成為一篇簡潔好讀的文章。

　　當然，有些人或許覺得，某些被刪除的部分其實很值得保留。如果書寫者基於特別的理由而想留下某些段落，當然沒有問題；但相對來說，**不具特殊目的與意義的詞語和說法，就不需要特地留下來。**

　　另外，我在寫文章的時候還會注意一件事，就是「**資訊密度**」。詞語和說法過分累贅的文章多半「資訊密度低」；而表現精簡的文章，則有「資訊密度高」的特徵。對讀者來說，閱讀後者帶來的好處當然比較多。

資訊密度高的文章代表，就是新聞報導或雜誌專欄。畢竟字數受到限制，沒有空間寫多餘的事情，也因此會精選內容、慎選用語，並進一步雕琢詞句。只要是專業的撰文者，多半都會以這樣的態度來面對稿子。當然，這種書寫方式也可以應用在所有種類的文章。

　　如果你覺得自己的文章「資訊密度很低」的話，除了刪除多餘的內容，也請盡量減少累贅多餘的話語及表現方式。

　　正如前面所說的，之所以推薦大家使用推特發文的原因之一，正是因為**受限於一四○個字的篇幅，可以藉此讓內容、表現和用字遣詞變得更精練。**只要多多練習利用有限的字數來陳述內容，必定能讓撰寫文章的技巧變得更純熟。

磨練文法力和語彙力⑤：
描寫盡量具體

　　撰寫文章時，請盡可能「寫得具體一點」。過於抽象或概念性的描寫，很容易給人曖昧模糊的感覺，難以接收你真正想表達的意思。

　　請看以下的文章 1，讀的時候覺得如何呢？

文章 1

新開的拉麵店很好吃，很合理。

　　也許這種寫法對撰文者而言很理所當然，但站在讀者的立場，提供的訊息量未免也太少了吧？哪裡的拉麵店？哪一種拉麵？「合理」的是什麼？想問的問題可有一大堆呢！如果要將文章 1 寫得更具體，應該注意哪些地方、如何加上描述呢？

文章 2

神保町（A6 出口步行三分鐘）新開的拉麵店「麵屋 KIKI」的「鹽味拉麵」很好吃。以這個味道來說，一碗七八〇圓的價格相當合理。

　　將資訊模糊不清的地方以更具體的文字改寫。把「神保町（A6 出口步行三分鐘）」「麵屋 KIKI」「鹽味拉麵」「一碗七八〇圓」等資訊放進去之後，這些訊息就能成為「對讀者來

說有利」的情報；說不定有些人讀了之後會覺得：「這資訊真是太棒了，哪天去神保町的時候，也去這家拉麵店看看吧！」

以「具體」打磨文章的成果，就是文章 2。至於應該加寫些什麼？以下請看看文章 3。

文章 3

神保町（A6 出口步行三分鐘）新開的拉麵店「麵屋 KIKI」的「鹽味拉麵」很好吃。以清爽為取向的雞骨湯底，很容易就能沾附在店家自製的扁捲麵上。而且這種麵的彈性絕佳，讓人一口接一口，根本停不下來！以這個味道來說，一碗七八〇圓相當合理。

在文章 3 裡具體加入了「鹽味拉麵」的味道。針對拉麵的味道，文章 1 和 2 只說了「很好吃」。但就算說「很好吃」，其他人還是難以理解到底是怎麼個好吃法。

另一方面，如果像文章 3 這樣，將美味訴諸文字，讀者也能更真實地想像味道（說不定還忍不住吞了吞口水呢）。一旦明白具體上的口味如何，就更能讓人產生興趣。

加入**具體描述，可以帶來各種不同的效果、功能，例如「提高讀者理解度」「引發讀者的興趣」**等。

以下將抽象性與具體性的描述並列，以供大家參照。大家可以一邊比較兩者的不同，一邊思考「如果是我，會怎麼寫」。

✕ 為了在比賽中獲得第一名，希望能再多點票。

○ 為了在比賽中獲得第一名，希望至少再多一百票。

✕ 從車站到會場要走一會兒。

○ 從池袋車站（東口）到會場「豐島公會堂」的步行時間約為五分鐘。

✕ 會議開始前，請準備好和參加者人數一樣多的資料。

○ 會議下午一點開始，在那之前，請準備好 A 企畫的企畫書，數量和參加人數一樣（共二十四位）。

✕ 從鹿兒島到屋久島的高速船一天有好幾班。只要事前預約，運費也挺划算的。需要的時間也比渡輪短。

○ 從鹿兒島到屋久島，有高速船「Toppy Rocket」行駛其間。首發為上午七點三十分，末班則是下午四點，每天共有七個航次（冬天則只有六個航次）。最晚七天前預約的話，來回票價為一四六〇〇圓。而且航行時間也只要約一百分鐘，比起單程就要二四〇分鐘的渡輪來說，所花費的時間不到一半。

「抽象性文章」中沒有，卻會出現在「具體性文章」裡的，就是「數字」和「專有名詞」。即使只是將抽象性用語或說法替換成「數字」和「專有名詞」，也能有效提升文章的表達力。

另外，為了不要遺漏（指文字上的說明不足）對讀者來說

必須的資訊，補充細節也是非常重要的。就算你自己覺得「這不用我寫，大家也應該知道吧」，仍有許多讀者「完全不懂」「不明白背景及前提」，或身處「基礎知識根本不足」的狀態中。越是能將禮物送給讀者的人，越懂得站在他們的立場，具體加入必要的訊息。

傳達給「站在後面的人」

目前為止，我們已經提到許多不擅長寫文章的人所抱持的「心理剎車」。

另外，我想再分享一個「寫不出來」的原因，那就是認為「沒有我能表現的地方」或「自己沒有什麼可以告訴別人的」。

我認為，所有人都有「能展現自我的領域」「能傳達給他人的事物」。以下所列出來的，都是很值得寫在社群網站上的項目。

· 自己喜歡的東西
· 自己擅長的事（包括特殊技能）
· 自己長久以來一直在做的事（包含習慣）
· 知道得比別人更清楚的事
· 自己經歷過的事（獨一無二的經驗更好）
· 個人熱情所投注之事
· 常被他人稱讚的地方
· 與他人不同的感受
· 休假或閒暇之餘會去做的事情
· 以前很不擅長，但現在已經克服的事
· 雖然曾遭遇挫折、失敗，但以此為養分，最後終於成功的經驗

我想，在這些項目中，應該能找出一、兩項是自己可以發

第一步就從社群網站開始

揮的。如果有人表示「完全沒有」，那麼有可能是把難度設定得太高（像是一定要「很了不起」才算及格），不如再放輕鬆些。

舉例來說，談論關於「開車」的話題時，應該不會有人認為非得討論 F1 賽車不可吧？當然，也不至於認為「少說也得開個二十年以上的計程車，才有資格談『開車』」吧？

就算是剛拿到駕照的人，只要他覺得「我很擅長路邊停車」，就有資格把相關的訣竅分享給不擅長停車的人。

再舉個例子，比如做菜，寫出相關事項的權利並非專屬於廚師，也不需要非得身為烹飪教室的老師不可。只要曾被家人稱讚過「媽媽煮的味噌湯最好喝了」，其中必然有些訊息值得傳達給那些不擅長煮味噌湯、想煮得更好喝，或是不擅長下廚的人。

綜觀全世界，人們想讀的文章，大多是由那些比自己更清楚某個議題、更擅長某個領域、在某些事務上更有經驗者所寫的。這種需求非常普遍。因此，當你想在社群網站上發布文章時，完全不用顧慮自己是不是全國／全世界最了解這件事的人；也不需要說什麼「比我更清楚的大有人在」「比我做得好的人可多了」「比我有經驗的人實在太多」……之類的藉口。

不如說，有些貼文者因為太過專業，反而使得他所寫的內容過於艱澀，導致讀者跟不上作者的程度。換句話說，不管你對某項事物的了解程度有多深，都不需要介意「我沒有資格寫」這種事。只需要把你所知道的，告訴那些「站在你後面一步」的人就可以了。

第6章

打造「書寫腦」的
文章練習

以一五〇字
說明周圍的事物

在本書的最後一章，為各位介紹一些能利用閒暇或零碎時間輕鬆進行的練習，我稱之為「**打造書寫腦的文章練習**」。只要反覆訓練與實踐，就能達到下筆如有神助的境界。

第一項是「說明力」的練習。一般我們所謂「筆力好」的人，在針對各種事物的說明上，也往往擁有高超的技巧。這裡所指的並不是以艱澀的專業術語來說明，**而是能利用任何人都知道的詞彙，以簡單明瞭的方式來陳述。只要磨練這種能力，就能強化自己的寫作力。**

以下所列出的詞語，應該都是廣為人知的：

新聞／汽車／橘子／聖母峰／壽司／足球／冰箱／新年／琵琶湖／空調／通勤／成人禮／四國／Instagram／F1 大賽／議員／漫畫／新創企業／錢包／美容院／稅金／醫院／領帶／中元節／YouTuber

那麼，如果有人請你「以一五〇字左右的篇幅，說明以上任何一項事物」的話，該怎麼寫才好呢？

覺得「這麼說來，好像還真有點難呢……」的人，應該不在少數吧；說不定還有人會回答：「汽車就是汽車，橘子就是橘子，四國就是四國啊！」但即使解釋「汽車是會跑的交通工具」「橘子是水果」「四國是日本的一座大島」，仍不能算是

很好的說明。

　　陳述與解釋時所需要的是「知識」與「詞彙」。 關於這項事物，你具備多少知識？是否具備適合說明該知識的詞彙？從大範圍來說，也就是**「語彙力」。語彙力的高低，必然會改變說明的品質。**

　　假設有個題目是「請在不使用『四國』這個詞語的情況下，在一五〇字以內說明四國」。該如何寫才好呢？

　　沒有資訊，就無法寫成文章，這件事已經在第二章跟大家說明過了。因此，首先應該從蒐集素材開始。接下來就以九宮格來蒐集可用於文章的資訊吧。

　　如果自己腦中沒有相關知識，可以透過網路搜尋，或借助字典、相關書籍和雜誌的力量，也可以詢問對這件事情更清楚的人，好將必要的資訊聚集到手邊。這也是文章練習的一環。

　　只要能做到如下頁表 6-1 的程度，要寫出一五〇字的文章，我想應該沒有問題。

表 6-1　九宮格資訊捕捉法　主題：四國

① 日本次於 本州、九州、 北海道的大島 （位於本州西南方）	② 北方為瀨戶內海	③ 南側是太平洋
④ 【四國四縣】 愛媛、香川、 德島、高知	【主題】 四國	⑤ 過去分為四個令 制國（行政區）： 阿波國、讚岐國、 伊予國、土佐國。 故稱「四國」
⑥ 四國由本島和 400 座以上大小 島嶼所構成	⑦ 總人口數約為 375 萬人	⑧ 與弘法大師有關 的 88 處寺院 （四國遍路）

以表 6-1 所寫成的範例如以下的文章 1：

文章 1

　　這裡是日本的第四大島，次於本州、九州和北海道。它位於本州西南方，北邊是瀨戶內海、南側面對太平洋。此處因古代的四個令制國（阿波國、讚岐國、伊予國、土佐國，現在則是德島、香川、愛媛、高知四縣）而得

名。除了本島，也還有四百座以上大小島嶼，總人口約有三七五萬人。與弘法大師有關的八十八座寺院朝聖路線也很有名。

我想，以上的文章應該可以算是一份重點明確的說明。在這項練習裡，並不需要讓行文變得非常有趣或具原創性，只要致力於讓所有人都能理解內容，確實且簡明地將主題傳達出去就可以了。

不管用什麼當主題都可以。**一天一次就夠，決定好某個主題（關鍵詞）後，試著練習寫出一五〇字的文章。**舉例來說，像是「在不使用『高速公路』這個詞的情況下，以一五〇字說明高速公路」「在不使用『智慧型手機』這個詞的情況下，以一五〇字描寫智慧型手機」。

也很推薦和家人或朋友一起進行。看到其他人的文章時，就算只是覺得「原來也可以這樣寫啊」或「這麼寫的話，有辦法說明得好嗎」，日積月累之下，也能打造出「書寫腦」。

當然，本書並不是希望你成為雜學達人。因此**最應該優先選擇做為主題的，正是你在工作或私領域中頻繁接觸的領域。**

如果你的工作與服飾業有關，就可以用與產業相關的詞彙為主題；如果在科技業工作的話，就以相關詞語為主題。如果你的部落格是以「和服」為主，那麼就練習說明和服相關的詞彙。簡單來說，只要以自己經常接觸到的詞句為主題，反覆進行練習，將更能直接感受到寫作力的提升。

用「相似詞遊戲」
磨練語彙力

　　語彙力與撰寫文章的能力有密切關係。如果想磨練寫作力，就必須鍛鍊語彙力。而鍛鍊語彙力的方式之一，就是「相似詞遊戲」。

　　腦中是否具備大量詞彙抽屜，所寫出來的文章品質可是天差地別。比如說，我們說某個人是「親切的人」，這時候如果想換個說法，可以使用哪些詞彙呢？請寫在九宮格裡。

表 6-2　九宮格相似詞遊戲　主題：親切的人

細心的人	關心他人的人	貼心的人
留意他人狀況的人	親切的人	溫柔的人
性格溫和的人	溫暖的人	喜歡照顧他人的人

6 打造「書寫腦」的文章練習

我想應該還有其他類似的詞彙才是。就算隨手寫了「親切的人」，但對象不同，改用「溫暖的人」「細心的人」「貼心的人」等形容詞說不定更適合。腦中能瞬間浮現各種相似詞，並選擇最適合用語的人，就是具備語彙力的人。而想增加可用詞彙的數量，這個「相似詞遊戲」可說頗具成效。

下面的表 6-3 是「開心」的相似詞練習範例之一。

表 6-3　九宮格相似詞遊戲　主題：開心

幸福	快樂	高興
愉快	開心	放鬆
心情好	心情舒爽	感覺輕飄飄的

可以像這樣，決定一個詞彙後，寫下與該詞彙相關的相似詞。多的時候，甚至可以寫出十個以上；就算想不出多少，也請盡量寫出三、四個。寫完後，可以在網路查詢其他的相似詞，看看還有哪些表現方式或說法。至於在網路搜尋詞彙這項行為本身，就是增加表現方式的手段之一。

　　以下列出幾項可用來做為「相似詞遊戲」主題的詞語。我同時也寫出了幾個相似詞，但應該還有更多才是，請各位務必挑戰看看。

- 笑：微笑、嘴角上揚、表情放鬆
- 誠實：老實、堅毅、有良心
- 聰明：得要領、聰慧、優秀
- 希望：願望、憧憬、抱負
- 懦弱：消極、逃避責任、膽小
- 驕傲：炫耀、優越感、自負
- 走歪路：誤入歧途、墮入黑暗、叛逆
- 掃除：收拾、整理、打掃
- 理解：明白、了解、靈光乍現
- 挑戰：嘗試、試著、試試看

　　也可以讓在場所有人依序說出相似詞；又或是互相比賽，看誰能在三分鐘以內寫出最多相似詞。像這樣與夥伴或家人透過遊戲享受樂趣也不錯。

用「具體化遊戲」
為文章增加實際範例

撰寫文章的時候,讓心思往來於「具體」及「抽象」之間,對於寫出好文章來說也非常有效。

如果盡寫些抽象的東西,讀者就很難對這篇文章產生具體的印象;但話說回來,若問是否只做具體的描寫就好,也並非如此。因為如果只有具體的敘述,讀者反而很有可能抓不到文章內容的「核心」和「本質」。因此均衡交織「抽象表現」與「具體描寫」,才能寫出對讀者來說更好閱讀,也更容易理解的文章。

我在這邊推薦的是以「比如」開頭的「具體化遊戲」和以「也就是說」開頭的「抽象化遊戲」。

所謂的「具體化遊戲」,是先決定一個抽象主題(詞彙)後,針對該主題使用「比如」,好讓它變得具體。

假設以「蔬菜」為主題,我們可以接著說:「比如蘿蔔、紅蘿蔔、高麗菜、洋蔥、番茄」。

以下列出幾項主題及具體化範例。

· 主題:亞洲國家
　→比如中國、韓國、越南、泰國、菲律賓……

· 主題:社群網站
　→比如推特、IG、臉書、LINE、YouTube……

- 主題：世界文化遺產
  →比如自由女神像、萬里長城、科隆大教堂、聖米歇爾山、泰姬瑪哈陵……

　　練習時，請舉出大約五至十個具體例子；當然，能寫多少就盡量寫出來。另一方面，與其自己悶著頭想，不如找很多人一起玩更有趣，而且其他人的回答也可能帶來啟發或學到新東西。

文章 1

> ✕ 總有一天，我想環遊世界，看看各地的世界文化遺產。
>
> ○ 總有一天，我想去環遊世界，看看自由女神像、萬里長城、科隆大教堂等世界各地的文化遺產。

　　閱讀以上兩段文字後加以比較，就可以知道，有具體範例的文章，讀起來比較有親切感。說不定各位在讀的時候，腦中立刻就浮現了自由女神像或萬里長城的模樣。

　　誠如以上所說，只要多多練習「具體化遊戲」，就能逐漸習慣將具體範例放入文章裡。

打造「書寫腦」的文章練習

用「抽象化遊戲」
養成歸類能力

以「也就是說」開頭的「抽象化遊戲」，進行的方式剛剛好與前面所介紹的「具體化遊戲」相反。

兩個人一組，其中一人說出：「烏賊、鯖魚、鮪魚、星鰻、赤貝……」等具體詞語，另一個人則要根據這些詞語回答：「也就是說，壽司料！」（「壽司」是比烏賊或鮪魚等更抽象的詞彙。）

如果有三個人以上的話，可以由其中一人說出具體詞語，另外兩人則分別思考統整這些詞彙的抽象詞語。可以同時說出答案，也可以採用搶答方式進行。

當然，提出這些具體詞語的人，自己必須知道正確答案是什麼，否則根本無法出題。就這一層意義來看，這個遊戲不論是對答題者或出題者來說，都是一項非常有效的練習。

以下是具體詞語與抽象化的範例。

- **具體詞語：原子筆、筆記本、直尺、剪刀、膠水……**
  →也就是說，文具！

- **具體範例：Sexy Zone、King & Prince、Kis-My-Ft2、關八、嵐……**
  →也就是說，傑尼斯偶像團體！

- 具體範例：衝浪、水肺潛水、香蕉船、水上摩托車、水上滑翔翼……
  →也就是說，水上運動！

- 具體範例：箱根、那須、別府、道後、草津、下呂……
  →也就是說，溫泉勝地！

- 具體範例：湯川秀樹、中村修二、川端康成、大江健三郎、山中伸彌……
  →也就是說，曾獲頒諾貝爾獎的日本人！

反覆進行「也就是說」的「抽象化遊戲」後，就能提高將事物歸類的能力。

舉例來說，當眼前有好幾項不同的事物並列時，我們會反射性地試圖找出它們的共通點（也就是「本質」）。這種習慣對撰寫文章來說，會有很大幫助。

請閱讀並比較以下兩篇文章。

文章 1

> 二〇一八年上映的電影《波希米亞狂想曲》描寫出身為男同志的主角佛萊迪‧墨裘瑞的故事。另外，二〇一七年上映的電影《勝負反手拍》中，也描繪出主角比莉珍‧金恩身為女同志的一面。我覺得非常感動。

文章 2

　　在二〇一八年上映的電影《波希米亞狂想曲》中，描寫出身為男同志的主角佛萊迪・墨裘瑞的故事。另外，二〇一七年上映的電影《勝負反手拍》中，也描繪出主角比莉珍・金恩身為女同志的一面。相隔不到一年，就有同樣類型的作品輪番上映，想必絕非偶然。這應該是由於呼籲消除對 LGBT 的歧視，進而獲得法律權利保障的社會運動越來越活躍，甚至成為全球趨勢的緣故吧。對於這類一方面確保了娛樂性，一方面又不經意擔負起時事評論功能的電影，我認為頗有俠義之風，令我非常感動。

　　文章 1 只寫出了事實。看在某些人眼中，這類「不具抽象化要素的文章」，很可能只會帶來「喔。是喔」的感想，看過就算了。而且因為只寫出具體的事例，並沒有從中萃取出本質，因此閱讀時總有種「不太俐落」的感覺。對於不擅長讀出弦外之音的人來說，說不定還會感到困惑：「所以是怎樣？」「讓人感動的點到底在哪裡啊？」

　　另一方面，像文章 2 這樣「具備抽象化內容的文章」，也就是「相隔不到一年……」之後的段落，則表現出兩部電影在同一時期上映的意義（本質）。由於確實將這個抽象概念訴諸文字，能讓人在閱讀後產生「原來如此」「原來是這樣啊！」的感受，並認同作者「非常感動」的想法。

　　「也就是說」的「抽象化遊戲」並非單純的文字遊戲，其

具備的功能，是讓人們得以將目光從「蟲眼（具體）」提升至「鳥眼（抽象）」。我們可以藉由這項遊戲磨練自己從許多具象事物中找出共通點，也就是找出核心或本質的技巧。

　　同時搭配讓自己的目光從「鳥眼（抽象）」下移至「蟲眼（具體）」的「具體化遊戲」，不但效果更好，也更能享受遊戲樂趣。

用「指路說明遊戲」提高邏輯說明力

撰寫文章時，還需要一種能力，也就是「**邏輯說明力**」。意思是說，要「以一定的脈絡來書寫」。撰寫文章時，無法像對話那樣透過表情、聲調或手勢來表現，所以文章也是一種「無時差」、一招決勝負的表達方式。最有效的練習就是「指路說明遊戲」。進行方式是一邊看著地圖，一邊以文字說明從起點前往終點的路線。閱讀說明文字的人，如果能在不看地圖的情況下，順利從起點走到終點的話，就表示這篇文章既正確又合邏輯。請實際看著以下的地圖試試看。

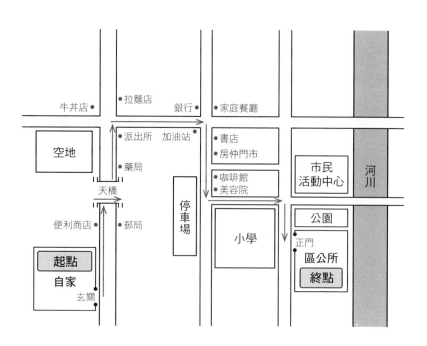

請用簡明易懂的文章來說明從起點（自家）走到終點（區公所）的路線。

回答欄

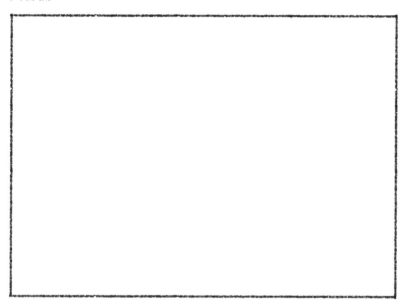

　　要將路線說得簡明易懂，訣竅在於不要太著急。先把人從 A 地點引導至 B 地點後，再從 B 地點帶到 C 地點去，**慢慢地、確實地將對方引導至目的地**。

　　過程中，我們可以不斷自問自答，像是：「轉彎處有什麼好辨認的目標嗎？」避免不慎遺漏重要資訊。

　　另外，以小學為例，學校的前後都有道路，如果只寫了「在小學那邊轉彎」的話，會讓人非常困惑：「究竟是指前面那條，還是後面那條？」因此必須告知「在小學前方那條路左轉」。

還有一點，就是即使轉彎的方向非常明確，寫出往左或往右仍然非常重要。比方說「在小學前方（或後面）那條路左轉」。

以下是回答範例。

> 出了自家大門後向左轉、往前走。過了便利商店後，就可以看到天橋。走過天橋到對面的藥局，讓藥局保持在自己的右手邊，並繼續向前走。接著，可以在右側看到派出所，並在該路口右轉。右轉後的第一個路口（右手邊可看到加油站）再右轉。繼續往前走，經過位於左手邊的美容院後（小學在前方）左轉。左轉後的第一個路口右轉。繼續往前，應該就能看到公園和區公所正門位在左手邊。

不是「寫出對方不知道的事」才叫寫文章。尤其是**說明性的文章，寫下別人也知道的事情，並讓讀者確認「沒錯，的確就是這個樣子」，也是功能之一。如果希望讀者正確理解內容，那麼一項一項仔細傳達，就會是最重要的事**。對書寫者來說，理所當然要了解所有內容，但讀者很可能並未具備任何基礎知識，只要省略掉一些重要資訊，就會弄錯、產生誤會。人類是非常容易犯錯的生物。正因如此，多加注意是非常重要的。

在書寫前，試著以口頭說一遍也是不錯的方法。讓口頭說明成為「替代用草稿」，如此一來，也比較好寫成文章。

當然，不論寫任何文章，這個方法都很有效。先將語句口

頭輸出一遍，除了可以確認書寫者自己的理解度（包含資訊是否不足等方面），也比較容易組織文章整體的流向和結構。

聲稱自己不擅長寫文章的人裡，有許多人平常並沒有習慣說出自己想寫的事情或主題。事實上，如果是把平常不時掛在嘴上的事寫成文章，反而更容易表現。**如果自覺有「輸出不足」的情況，請務必在書寫前進行「口語表達」**。如此一來，不論是書寫速度或文章精緻度都會提高。

另外，除了「指路說明遊戲」，還有幾種鍛鍊說明力的練習。以下是部分範例，請務必挑戰看看。

一、以文字說明房間格局
二、以文字說明料理步驟
三、挑選一張手機裡的照片，並且說明這張照片的內容

無論是那種方式，都請試著先以口頭說明後，再進行文章撰寫。讀了文章一的人，應該要能正確想像出這個房間的格局；讀了文章二的人，必須要能做出那道菜；讀了文章三的人，則應該能正確想像出照片上有什麼東西。如果都能做到的話，就算及格了。

「模仿」好文章，
激發個人魅力

你想以什麼文風書寫文章？

這裡的「文風」，指的是能表現書寫者個性的文章風格。

舉例來說，有些商業類文章看起來就像職場中所使用的報告一樣，硬邦邦的，像這類太過強勢的風格，很容易令人望而生畏。即使是工作場合中所使用的文章，通常還是希望不論誰來寫，都能寫得簡單易懂。

另一方面，如果是私人文章，那麼以具有個人風味的形式來寫，不也是一種趣味嗎？

以下四篇文章，都是對「人們於萬聖節當天聚集在澀谷街頭」一事抱持否定意見的內容。閱讀時，請比較各自的文風有何不同。

文章1

> 可以的話，我實在不想去萬聖節當天的澀谷。因為有很多喝了酒或扮裝的人在街上手舞足蹈的，說老實話有點恐怖。我會在家裡和家人悠哉度過。【四平八穩且平易近人的文風】

文章2

> 我絕對不會踏進萬聖節當天的澀谷。在扮裝的人群當中，邪惡就像加了毒藥的湯鍋般不斷沸騰。住在我心裡的小小

警備隊敲響了「生人勿近」的警鐘。【態度較強硬且帶詩意的文風】

萬聖節那天的澀谷，讓人很不想接近呢～畢竟有好多扮裝的人聚集在那邊，還有些人根本就是墮入黑暗了吧（笑）。去找木乃伊的人，八成也會變成木乃伊，錯不了的。【輕鬆且自由的文風】

萬聖節的澀谷？那是日本之恥。這些扮裝軍團在道路上昂首闊步的無恥樣貌，實在令人輕蔑並感到厭惡。我不希望自己被當成跟他們一樣的笨蛋，也不想和他們呼吸相同的空氣。【粗魯且輕蔑的文風】

依書寫方式不同，讀者所接收到的書寫者個性、對書寫內容的印象都會大為不同，這種感受上的差異就是文風的作用。

技術上來說，光是使用「口語化文字」或「書面文字」，文章的氛圍就會產生很大的差別。而不同的行文節奏、斷句方式、標點符號的使用、用字遣詞……許許多多因素混合在一起後，便形成了各式各樣的風格；當然，文風的基礎，還是書寫者的價值觀、思考和個人哲學。

如果你希望能自然而然地寫出某種文風，建議你選擇幾種自己喜歡的風格或幾位心儀的作者，接著模仿這些人、這些形

式的文章，也就是仿寫。在仿寫的過程中，漸漸熟悉用字遣詞、語言節奏、文章結構……將這種文風變成自己的血肉。

當我還是個撰稿人時，必須要依不同場合和需要，選擇不同的文風來書寫，我也因此仿寫過古今中外各式各樣的文章。

三島由紀夫的文學作品給人濃郁又端莊的感覺；椎名誠的遊記則讓人覺得輕快且自由；澤木耕太郎的紀實文學作品寓真實於嚴謹；江國香織的散文在柔和中帶著一種縹緲的透明感；本田健的勵志書寫得平易近人且易為讀者所接受；花村萬月的小說文字一向情感豐沛，又帶著點獨白的風格……

當然，也不一定僅限於著作等身的大作家，網路上有許多非常受歡迎的部落客或 IG 作家等，都是可以參考學習的對象。

而所謂的仿寫，事實上就是在自己腦中模擬對方的思考迴路。說得再清楚一點，除了體裁本身，對方的思想、哲學、價值觀、人生觀等也會同時放進自己腦中。這正可說是仿寫的樂趣所在。

那麼，透過仿寫而形成的文風會不會讓「作者樣貌」消失呢？關於這一點，大家大可放心。會因此而消失的東西，大概也不是多能體現作者個性的東西。換言之，不管如何仿寫他人文章，最後仍會「留下來」的東西，就是「作者樣貌」所在。只要是你一字一句寫出來的文章，這些東西就不會消失——或許我們更應該反過來說，藉由持續進行仿寫，更能激發出書寫者的魅力。

只花「八〇％」的時間寫文章

　　你是否有過這種經驗：雖然覺得「這工作應該可以輕鬆搞定」，卻一直到截止時間前才匆忙完成；而且儘管花費了許多時間，但實在很難說工作品質有多高⋯⋯我沒說錯吧？

　　「工作會填滿它可用的完成時間」——這種現象稱為「帕金森定律」，意思是說，就算時間再多，人們還是會到最後一分鐘才完成工作。這種「帕金森定律」有時候也被戲稱為「拖延定理」「懶惰病法則」或「最後一分鐘症狀」等。

　　「帕金森定律」也會發生在寫文章的時候。

　　舉例來說，如果告知所有員工，明天下午五點前要交報告的話，那麼絕大多數的人都會在將近下午五點時才把報告寫完。

　　如果把提交報告的期限定在下午三點呢？毫不意外，恐怕所有人都會到下午三點才交。

　　那麼，以下午三點為期限的報告完成度是否較低？事實上並不會。因為在較短的工作時間內集中精力的結果，完成度高的報告反而占了多數。

　　沒錯，只要加上時間限制，人類的大腦就會為了提出成果而加快運轉速度。如此一來，不但專注度提高，文章的品質也比較好。

　　這和我自己的經驗非常一致。如果時間非常充裕，反而很容易發生鬆懈、注意力下降的情況。另一方面，在截稿期限必須嚴格遵守、完全不能拖稿的情況下，反而能發揮出連自己都意想不到的高產能。因此，我們可以說，「縮短時限」就像「腎

打造「書寫腦」的文章練習

上腺素爆發」，對寫出高品質文章來說非常有效。

在這邊建議大家，將寫文章所需要的時間設定為「平常的八○％」。

- 寫部落格【一般：六○分鐘】→【在五○分鐘內寫完】
- 寫報告【通常：二○分鐘】→【在十五分鐘內寫完】
- 寫論文【通常：九○天】→【在七○天內寫完】

就像這樣，規定的時限要比平常再縮短兩成左右，而且要嚴格遵守。如此一來，不但可以提升撰寫速度，完成度也比較高。

一開始很可能會因為過往習慣的影響，無法在規定時間內完成，但只要持之以恆，注意力必然可以慢慢提高。

「PDCA」也能提升寫作力

　　我想，應該有不少人聽過「PDCA」這個詞彙吧。「PDCA」是一種循環式的工作品質管理，不但能確保目標的達成，也能促使品質持續改善，是經常使用在工作現場中的一種框架。

　　「PDCA」共有四個步驟，分別是：一、**計畫（Plan）**→二、**執行（Do）**→三、**檢核（Check）**→四、**改善（Act）**。

　　只要重複執行「PDCA」循環，就能提高工作成效和精密度；但會將 PDCA 循環應用在文章撰寫的人卻很少。這一節要告訴大家的，正是「撰寫文章的 PDCA 循環」。請務必活用並善用。

　　「PDCA」的使用法有兩種：

PDCA 使用法之一
一、計畫（Plan）：蒐集資訊、設定主題和目標讀者……
二、執行（Do）：撰寫文章
三、檢核（Check）：重讀文章、推敲字詞
四、改善（Act）：修改文章

　　「計畫」指的是撰文前的準備；「執行」即是前面提過的「以熱情書寫」；「檢核」和「改善」則是「用冷靜修改」。

　　第二種使用法則是站在俯瞰的視角：

打造「書寫腦」的文章練習

PDCA 使用法之二

一、計畫（Plan）：讓撰文目的變得明確

二、執行（Do）：撰寫文章（包含「以熱情書寫」「用冷靜修改」）

三、檢核（Check）：檢查文章內容是否符合欲達成之目的

四、改善（Act）：修正寫作方式，好讓之後的文章得以達成目的

　　事實上，前面介紹的第一種使用法，就包括在方法二的步驟二中，而且方法二中還加入了「讓文章達成目的」的期望。也就是說，方法一裡的資訊蒐集、撰寫文章等四個步驟，其實都是讓撰文目的得以達成的一部分。而**透過反覆檢核與修改，更能提高達成目標的可能性。**

表 6-4　撰文目的與結果範例

表達方式	撰文目的	結果（未達成目的）
企畫書	希望企畫能獲採用	企畫並未通過
攬客文章	召集一百人參加活動	只來了五十人
論文	獲得全班第一名	教授的評價不高，也指出許多不足之處
道歉信	獲得對方原諒	未得到對方的諒解
社群文章	獲得別人分享或轉貼	幾乎沒有人轉分享
行銷文章	一天賣出三十件商品	一天只賣出一、兩件商品
警告文	希望住戶遵守垃圾分類	還是有許多人不遵守分類規則

不過事實上，許多人都是寫完交出去（公開）就算了，很少有人會檢核這篇文章的成效如何。

如果順利達成目的也就罷了，但很多時候明明沒效，人們卻連個「喔，這麼寫不行啊」的反應也沒有。

結果不如預期，就表示一定哪裡出了錯。如果想鍛鍊撰寫文章的能力，好好「發現問題所在」是非常重要的。

應思考的問題（範例）
· 目標讀者設定失誤
· 並未掌握目標讀者的需求
· 對目標讀者而言並未帶來好處
· 因「語彙不足」，導致讀者未能理解
· 因「資料不足」，導致讀者無法被說服
· 說教意味太濃，無法獲得共鳴
· 內容過於抽象，難以理解
· 文章走向、節奏不佳
· 主題或標題無法引起讀者興趣
· 表達方式（或所選擇的媒體等）不佳

當然，要完全找出特定原因是不可能的，變因總是不只一個。話雖如此，如果不試著找出原因，那麼不管花費多少時間，都不可能寫出「好」（達成目的）文章。

最好的方法，就是從目標讀者身上獲得回饋。如果是攬客／招募參加者的文章，只要知道讀者「讀完文章後，是否產生『非常想參加』的念頭」，下次撰文時就能活用這次的經驗。

如果很難得到目標讀者的回饋，目標以外的人所提供的意

見也可以，畢竟只有別人才能發現自己沒注意到的盲點。**傾聽他人的意見，對於鍛鍊寫作力來說，也非常重要。**

接受他人指出的缺失或許不是什麼讓人高興的事，但依然非常值得感謝。只要知道「不足之處」，便能加以修正；如果不明白哪裡出了問題，就很有可能不斷犯下相同的錯誤，這不是很可怕嗎？當然，即使聽取他人的意見和指點，**最後還是需要由書寫者自己建立相應的假設並改善。**比如「放入大量能讓讀者接受的證據」「改變說明的順序」「更換要送給讀者的『禮物』」「改變選用的詞彙」「換個標題」……等，能做的事情非常多。

能應用 PDCA 循環的人，撰文能力必然會有長足進步。不斷檢核並改進，不僅適用於文章撰寫，我想應該也是個人成長過程中不可或缺的流程吧。你之所以拿起本書閱讀，應該就是為了讓自己具備良好的寫作力。如果想寫出「好文章」，請試著將目光放在文章帶來的「成果」，好好應用「PDCA」。

每天寫下三則好消息

目前為止，已經告訴大家許多撰寫文章的訣竅。一旦開始動手寫，就會明白會受到文章影響的不只是讀者，**也包括寫作者自己的內心**。

舉例來說，如果你在自己的筆記本上寫著「我是個糟糕的人」「我什麼事情都辦不到」「我是笨蛋」「人生好無聊」等等充滿負面訊息的文字（以及各種不平、不滿、抱怨），就會把負面的現實吸引到自己身邊。

這個道理正如第二章所提過的「九宮格資訊捕捉法」。我們**把念頭訴諸文字的同時，就會「豎起天線」**，對負面資訊的感受及現實也會因此接踵而來。

說他人壞話或誹謗中傷也一樣。如果我們不斷寫下埋怨某個人的語句，像是「我無法原諒那傢伙」「那傢伙是個笨蛋」「我最討厭那個人了」之類的，天線就會越寫越敏銳，聚集到身邊的負面現實也會越來越多。

這道理非常簡單。所謂的「現實」，就是那個人「看見」的東西如同他內心所想，如此而已。

順帶一提，訴諸文字的東西，同時也會銘印在一般認為意識無法控制的「潛意識」裡。有一項理論指出，人類能感受到的「意識」與無法感受到的「潛意識」容量比例大約是「三：九七」。就算意識裡想著「我辦得到」，如果潛意識中存在「不行，我做不到」的心理，那麼潛意識就會獲勝，而且還是獲得壓倒性勝利。換言之，人類一直都處在潛意識的控制下。

打造「書寫腦」的文章練習

而且據說人腦無法掌握「人稱」。就算寫下的是「○○是笨蛋」，大腦仍會判斷「笨蛋」指的是自己。也就是說，我們因為不爽某人而寫下「○○是白痴！」的瞬間儘管非常爽快，但由於「是白痴」這項資訊會銘印在潛意識裡，再加上大腦無法判斷人稱，結果反而會讓自己受到報應。這一點告訴我們，不論結果是好是壞，都不能小看語言的力量。

　　利用這項特徵，我想在這裡向大家推薦一個方法，就是「**每天寫下三則好消息**」。畢竟是「好消息」，所以請寫下對你來說「很棒」「很開心」「很愉快」「覺得感激／感動的事」「覺得感謝的事」等。

　　話雖如此，但一定有些人會說：「每天都有三件好事？根本不可能嘛！」也許這些人可能只是把「好消息」的門檻訂得太高而已。不論是多小的事情，都可以當成好消息，如果覺得自己的日常真的沒什麼好消息可言，不如試著降低難度吧！

好消息範例
- 比平常早起
- 原本以為會遲到，結果剛好趕上
- 午餐定食的分量比想像中還多
- 被上司稱讚了
- 春天的陽光非常舒服
- 別人給我的泡芙很好吃
- 期待已久的漫畫發售了
- 看 YouTube 影片時大笑
- 上星期覺得好像有點感冒，但已經逐漸恢復

- 和三年沒見的好朋友見面喝茶
- 終於去看了大家談論的電影（是令人感動的故事）
- 把傘忘在家裡沒帶出門，幸好沒下雨

　　每天寫下三則好消息，這樣一來，腦內就會一直豎起積極正向的天線。

　　講白一點，「將『寫下好消息』這件事情掛在心上」本身，就是一根很粗壯的天線。只要一直把這個念頭放在心裡，各種好消息就會一個接一個、毫不費力地進入自己的意識中。你說不定還會因此感到驚訝：「真沒想到自己周遭竟然有這麼多好事！」

　　在各種自我啟發的方法中，最知名且效果也很好的，就是「吸引力法則」。事實上，光是讓腦中浮現出「好消息」，多少就會產生效果；但實際寫下來的威力，畢竟還是比起只停留在腦中大了好幾倍，甚至有可能高達數十倍。因此，藉由「寫下來＝可視化」的過程，不但能豎起威力強大的天線，同時也能將積極正向的意識拓展到潛意識的更廣、更深之處，逐漸且徹底地滲透。

　　由此可知，書寫這件事情，除了可以將資訊傳遞給他人，同時也是讓自己成長的有效手法。

　　當然，是否要實踐「每天寫下三則好消息」完全看你自己。如果你正好覺得「對目前的生活不滿意」或「想改變自己、想要有所成長」，不妨一試。

打造「書寫腦」的文章練習

寫下五年後的「未來履歷表」

有一項練習，如果能和「每天寫下三則好消息」一起進行，就能讓人生發生更巨幅的變化，那就是「**寫下五年後的未來履歷表**」。

一般來說，履歷表上所寫的都是過去的經歷和現在的工作等，但這份「未來履歷表」要寫的卻是五年後的未來——雖說是「未來」，倒也不是指「預測」或「期待」。這項練習的重點在於，要以「**彷彿你已在未來**」的角度書寫。

有一點要特別注意的，那就是**所寫下的內容不能是「現在可以想像得到的五年後」**。

舉例來說，假設「我現在的職稱是『主任』，順利的話，五年後應該會升任『科長』」，把這件事情特別寫在「未來履歷表」上是沒有任何意義的。所寫的內容若是在自己可預期的範圍內，那就不過是沿著鋪好的軌道繼續前進罷了。這樣的人生並不會產生什麼劇烈的變化。

要寫在未來履歷表的，是五年後的「理想自我」。

你正身處五年後的世界。請在腦中想像自己「**如果能變成這樣就太棒了**」的理想樣貌。把金錢、場所、人、資質……等限制全部都拋諸腦後。不要想太多，也不需要覺得害羞或有所顧慮。

一邊想像著理想中的自己，一邊動手寫。

「創造金氏世界紀錄」「司法考試合格」「住在豪宅大樓

的最高層」「在輕井澤、夏威夷和洛杉磯都擁有度假別墅」「首次當選中央民意代表」「前往劍橋大學留學」「經歷轟轟烈烈的戀愛後，與○○○結婚」「決定搭乘民間太空船前往太空」「拿到多益金色證書」「離職後自己創業。只花了三年，就成長為年營業額超過一億美元的企業」……不論什麼內容都可以。

如果你有「這根本就是妄想嘛，我才寫不出來」的想法，請務必留意：**其實是潛意識讓你如此深信不疑**。因此請先把包含「深信不疑」在內的所有規範都拿掉，再想像自己理想的未來。

以下是我自己五年後的「未來履歷表」，讀過之後，大家或許就更能理解該如何想像自己的理想未來：

文章 1

我，山口拓朗自出版《文章寫得又快又好，九宮格寫作術》並成為暢銷書以來，每年大約出版五冊書籍，至今已累積出版超過五十冊，銷售累計超過五百萬冊，並譯成各種語言，於世界三十餘國出版。我本人所開設的「Super Writer 養成講座（三天課程）」則以中國為中心，每年約在世界各地舉辦三十場左右。

平常往來於小木屋風格的輕井澤自家、夏威夷茂宜島及印尼峇里島的別墅之間，忙於寫作與演講活動。

二○二四年完成的作品《單品料理獵人》獲評「超越兒童小說的框架」，榮獲直木賞。另外，以「傳遞‧聯繫」為概念所設立的「國際書寫大學」則以亞洲為中心，於全

球二十五國設立分校，並於二〇二四年獲得聯合國所推薦「模範大學」的殊榮。

　　此外，我與所屬樂團於二〇二〇年正式出道時發行的單曲〈合唱 pavilion〉，全球下載量已破一千萬次，同時也在該年首度登上紅白歌唱大賽的舞臺。

　　二〇二一年時，妻子山口朋子因「協助女性實踐其生存之道」獲選為當年度女性風雲人物。女兒山口桃果則在二〇二二年發表論文〈「美」可藉由數學公式表現〉，引發熱烈討論，蔚為話題。

　　個人興趣是馬拉松及越野賽跑。除了東京和檀香山馬拉松外，也曾完賽紐約市馬拉松。目前正計畫自二〇二五年起，以「世界『群聚』」為主題，環遊世界一周。現任日本文部科學省認定特別顧問。

　　我認為這篇文章的妄想力應該算很超過了——意思是，就算寫得這麼誇張也沒問題喔；如果你覺得「這只是小意思」的話，那就太棒了！

　　說老實話，我並不是很想將自己的「未來履歷表」當成參考給大家看，因為這麼一來，反而很容易成為限制或框架，讓你無法好好寫出自己的未來履歷表。請大家千萬不要受限，好好以文字寫下自己心中所描繪的「理想自我」吧。

　　撰寫未來履歷表時，重點要放在「**已完全成為理想中的自己**」與「**具體性**」兩個部分。

　　因為是五年後的自己，所以沒有人能多嘴「這才不是你」之類的廢話。請在描繪出這樣形象的同時，也讓這樣的想像變

得更具體。此外，書寫時請記得好好品嘗「開心」「快樂」「充實」等令人振奮的感受。

寫未來履歷表時，你有沒有邊寫邊偷笑？如果沒有的話，很有可能是你在心中默默給自己踩了剎車，也或許是你對「理想的未來」還抱持著某種懷疑的態度。把「懷疑」這個剎車拿開吧。放開剎車、讓嘴角自然上揚，必定可以寫出一份真正具有效果的未來履歷表。

應該有許多人都知道「自我形象」這個詞彙；而所謂的「自我形象」，指的是「個人對自己目前能力、身分、角色等的主觀知覺」，簡單來說，就是「自己對自己抱持的印象」。

大致上來說，如果對自己抱持「做不到啦」「很糟糕」「是個笨蛋」的印象，就是自我形象偏向負面；如果對自己有著像是「辦得到」「很厲害」「有能力」等觀感，就是具有正面的自我形象。

當我們將五年後的未來履歷表銘印在自己的潛意識後，當事者的自我觀感也會逐漸傾向正面。為了達到最佳效果，請**每天朗讀自己所寫的履歷**（對，要發出聲音喔）。此外，也請**把未來履歷表放在隨時都能看見的地方**，寫在手帳或隨身記事本裡也可以。

想到更美好的未來時，別忘了更新一下履歷。等到自己注意到的時候，你應該已經過著如履歷上所寫的人生。**藉由寫下心中的理想和期望，你一定能成為「自己想成為的人」。**

前面說過，撰文時最重要的，就是要帶著「送禮物給讀者」的心情，對吧？那麼，「未來履歷表」是要寫給誰的呢？沒錯，就是給你的。因此，撰寫「未來履歷表」的時候，請別忘了準備美好的禮物，送給身為讀者的自己。

結業式：
用九宮格寫出電影觀後感

好了，這本書也差不多快到尾聲了。

在結束前，請大家試著應用前面所提到的內容，來寫一篇心得文吧。在書寫個人感想的時候，「九宮格自問自答法」可是非常有效的喔。

就以電影觀後感為例好了。主題是二〇一八年引發話題的日本電影《一屍到底》，想像自己要在部落格中寫一篇觀後感，開始自問自答吧。

在此也提醒：以下多多少少會提到劇情，沒看過電影、怕被爆雷的人請留意。

前四題是基礎問題，其他則都是鑷子問題。當然，自我提問的內容只是範例，也可以改成像是「被哪位演員吸引？」「喜歡的臺詞是？」「會推薦給什麼人？」等不同的提問。請依自己的需求和字數分量等不同要求，提出有效的問題。

另外，回答請盡量具體。以自我提問第三題「導演及演員如何？」為例，如果只回答「導演和演員都是沒有名氣的人」，就會給人一種美中不足的感覺。

以這一題來說，也可以寫下「據說是在電影學校裡以工作坊形式創作出來的作品」這類背景小故事。這項資訊是從網路上搜尋得知的。當資訊不足時，可透過閱讀、網路搜尋、向他人請教、自行體驗……等不同方式進行外部資訊的蒐集。

打造「書寫腦」的文章練習

表 6-5　九宮格自問自答法　主題：電影《一屍到底》

自我提問 1 這是什麼類型的電影？	自我提問 2 為什麼想去看 這部電影？	自我提問 3 導演和演員如何？
低成本的 B 級片。原以為是恐怖殭屍片，卻熱情地描寫了許多製作電影的背景，令人感動、充滿人情味，且富含喜劇要素，令人非常愉快。	在網路上看到許多人說它「很有趣」。電視節目裡也介紹這是目前蔚為話題的電影。	導演是上田慎一郎，基本上仍是位無名導演，演員也大多沒有名氣。畢竟這似乎是在電影學校裡以工作坊形式創作出來的作品。
自我提問 4 看完後的感想如何？	自我提問 5 是前半段與後半段內容 不同的電影嗎？	自我提問 6 有沒有特別 值得一書的地方？
真的非常有趣！開頭長達 37 分鐘、一鏡到底的拍攝手法真的非常緊張刺激。描寫背後故事的後半段是接連不斷的爆笑場景，最後則令人鬆了一口氣，非常感動。	形式上是劇中劇。包含拍攝這部電影的現實世界在內，做出了四層結構。此外，為了不讓觀眾感到太過複雜，在許多地方都下了不少工夫。	當然是電影工作者對電影的熱愛！飾演不同角色的每個人認真面對自己現實中的工作與人生、最後也獲得成長這一點，也讓人覺得非常感動。
自我提問 7 最喜歡哪一幕？	自我提問 8 這部作品要傳達 什麼訊息？	自我提問 9 給這部電影打幾分？
因為會爆雷，所以無法寫得很清楚，就是劇中劇裡所有演出者做「某件事」的那一幕。看見他們團結一致的樣子，眼淚忍不住掉了下來，是「笑著笑著就哭了」的最佳代表。	主軸是「現在放棄就結束了」，和一開始的「一鏡到底」（攝影機不能停下來）有呼應的效果。此外，對於電影圈「專業」為何的探討（不只是熱血和遠大的志向），也令人深思。	95 分！我似乎還看漏了幾處伏筆，想再去看一次。

以下的文章 1 是以前面的九宮格為基礎寫出來的文章。首先請先不要在意字數，只要寫出來就好。

文章 1

電影《一屍到底》真是太棒了！我在網路上看到許多「非常有趣」的感想，電視節目也介紹這是一部目前引發話題討論的電影，讓我頗為期待。不過的有趣程度可是遠遠超過了我的期望喔！

事實上，這部電影是僅有三百萬圓的超低預算低成本電影。包含導演上田慎一郎在內，演員全都是無名小卒。據說這其實是電影學校以工作坊形式製作出來的作品。

詳細的劇情內容就不多說了。我原本以為這只是普通的殭屍片……事實上卻與我的預測完全背道而馳。它熱情地描寫了許多電影製作背後的祕辛，充滿人情味，也富含喜劇要素，令人感到痛快。

電影的結構大致分為兩個部分。前半部是長達三十七分鐘的一鏡到底，非常緊張刺激。後半部則是描寫前面那三十七分鐘背後的故事，隨處可見笑點，伏筆揭曉的方式也很令人愉快。雖然看著角色們渾身是泥、滿身是血的樣子，觀眾卻能從中感受到他們對電影和家人的愛，並深受感動……觀影的這段時間簡直就像被施了魔法似的（笑）。

最打動我的，就是在拍攝電影的現場，飾演不同角色的每個人認真面對自己的工作與人生，並獲得成長的過程。

一般來說，才短短三十七分鐘，根本不可能產生任何變化，更別說是成長了。雖然這的確是所謂的「常識」，但他們的確改變了。

因為會爆雷，所以不能寫得太詳細，不過劇中劇的最後，有一幕是所有演員一起做「某件事」。看見他們團結一致的樣子，眼淚忍不住掉了下來。我第一次看到這種能讓人笑著哭出來的場景。

支撐這部電影的基礎，其實是一個很尋常的訊息：「現在放棄就結束了」。這一點也和一開始的「一鏡到底」（攝影機不能停下來）相互呼應。不僅限於電影拍攝，如果想得到圓滿的成果，最重要的就是千萬不能放棄。

包含拍攝這部電影本身的現實世界在內，其實有四層結構，腳本雖然非常複雜，但也盡可能在許多地方下工夫，讓觀眾不至於跟不上劇情。

這部電影證明了「電影是否有趣，和預算沒有絕對關係」。但我似乎看漏了幾處伏筆，很想再去看一次。

當然，書寫的時候如果意識到什麼「突然想起來的事」「在意的事」或「想寫下來的事」，請一併寫進來，因為「書寫」這個動作本身就具有引發嶄新「創意」及「發現」的效果。那些書寫時浮現腦海的事情，也是編織文章的過程中非常寶貴的訊息，請不要讓它們溜走，要牢牢抓在手中。

接下來，我們「用冷靜修改」，將前面的文章稍加修飾。

電影《一屍到底》真是太棒了！它的有趣程度遠超過我的期待。雖然是僅以三百萬圓預算製作的超低成本電影，但我所接收到的感動卻絕不輸給好萊塢大片。

電影一開始的三十七分鐘採用了一鏡到底的拍攝手法，非常緊張刺激。至於描寫那三十七分鐘背後故事的電影後半部，則隨處可見笑點，伏筆的揭曉也非常順暢。觀眾一邊看著渾身是泥、滿身是血的人們，一邊深深感受到他們對電影和家人的愛，並為之感動……觀影的這段時間簡直就像被施了魔法似的（笑）。

而打動我的，就是在拍攝電影的現場飾演不同登場角色的所有人，認真面對工作和人生並獲得成長的過程。在劇中劇的最後，有一幕是所有演出者一起做「某件事」，讓我的眼淚忍不住掉了下來。這是我生平第一次看到這種能讓人笑著哭出來的場景。

支撐這部電影的基礎，其實是一個很尋常的訊息：「現在放棄就結束了」。卻意外表現得非常強而有力。我似乎還看漏了幾處伏筆，很想再去看一次。

文章2大概刪減了一半左右（在刪除的同時，也會修改語句的寫法或文章走向）。我想，這篇文章應該比文章1好讀許多才是。

大部分的人習慣把「想寫的東西」全部塞進文章裡，不過這樣一來，卻往往使得行文太過拖泥帶水。

　　如果才剛開始寫的話，問題還不大，還可以調整；只是為了不讓讀者覺得「文章很難讀」，還是要有大刀闊斧、刪去多餘枝節的勇氣。

　　想要做到這一點，最重要的是將寫好的文章，依自己腦中對於「完成形」的想像（包括字數在內）進行修改。文章 2 的字數約為三百九十字，但依情況不同，有可能要擴充為七百字以上的長文，或相反的，縮減到只剩一百五十字左右。

　　如果一開始就知道要寫比較長的文章，那麼在前置作業時，就應該增加自問自答的數量，先準備好足夠的資訊。

　　回答鏟子問題的時候，也必須不斷思考：「要送什麼禮物，讀者才會覺得開心？」另外，如果能為了找到禮物而問出適當問題的話，應該就能寫出值得深讀的文章，同時也會是一篇引起讀者興趣的文章。

結語

武器已經在手，勇敢踏出第一步吧

　　本書內容是否在你的腦中和心裡留下了什麼？我想每個人都不太一樣吧。理由正如本書說明過的，根據閱讀目的不同，所獲得的東西也有所不同。

　　「想知道如何在文章裡埋哏的方法」「想知道如何順暢地寫出文章」「想知道如何打造好的文章結構」「想知道文章能帶來的效果」「想知道九宮格的活用法」……不論你想要的是什麼，本書應該都能讓你得到它，或知道獲取的方法。

　　這是因為「需求＝意識＝天線」。

　　使用九宮格的意義在於「確實將資訊化為自己的血肉」。不管是自問自答、蒐集資料，或是把自己內存的知識篩選過濾出來，都可以藉由填滿九個空格做到「資訊可視化」。而可視化後的「資訊」可謂「一字千金」，絕對能協助我們撰寫出好文章。

　　懂得好好活用九宮格、將必要資訊一一搜羅到手邊的人是無敵的。這不僅僅能讓你從「寫不出來」的煩惱中獲得釋放，同時也能以文章為武器，開拓自己的人生。

　　如果你現在有「想試著寫些什麼」的感覺，身為本書作者的我將感到萬分高興。

　　文章既是用來傳達訊息與想法的工具，也是與人溝通的途徑，更是面對自己、與自己對話的利器。

　　藉由撰寫文章，我們一方面得以更仔細了解自己、實現目

標及夢想；另一方面，也能對他人有所貢獻，還能獲得周圍的好感和信任。同時，我們也會在這個過程中持續成長（毫無例外）。沒有比這更刺激的事情了。

請放心，你已經把「武器」拿在手上了。關於這件武器，你需要做的，就是每天仔細地將它打磨得更銳利。

在闔上這本書之後，你會做什麼呢？先在筆記本上畫個九宮格，我想應該是個不錯的點子吧？

圓神出版事業機構　究竟出版社
Eurasian Publishing Group　Athena Press

www.booklife.com.tw　　　　　　　reader@mail.eurasian.com.tw

第一本　103

文章寫得又快又好，九宮格寫作術

作　　者／山口拓朗
譯　　者／黃詩婷
發 行 人／簡志忠
出 版 者／究竟出版社股份有限公司
地　　址／臺北市南京東路四段50號6樓之1
電　　話／（02）2579-6600 · 2579-8800 · 2570-3939
傳　　真／（02）2579-0338 · 2577-3220 · 2570-3636
總 編 輯／陳秋月
副總編輯／賴良珠
責任編輯／林雅萩
校　　對／林雅萩 · 蔡緯蓉
美術編輯／林韋伶
行銷企畫／詹怡慧 · 陳禹伶
印務統籌／劉鳳剛 · 高榮祥
監　　印／高榮祥
排　　版／杜易蓉
經 銷 商／叩應股份有限公司
郵撥帳號／18707239
法律顧問／圓神出版事業機構法律顧問　蕭雄淋律師
印　　刷／祥峯印刷廠

2020年6月　初版
2022年11月　4刷

"9MASU" DE NAYAMAZU KAKERU BUNSHOJUTSU by Takuro Yamaguchi

Copyright © Takuro Yamaguchi 2019

All rights reserved.

Original Japanese edition published by Sogo Horei Publishing Co., Ltd.

Traditional Chinese translation copyright © 2020 by ATHENA PRESS,

an imprint of EURASIAN PUBLISHING GROUP

This Traditional Chinese edition published by arrangement

with Sogo Horei Publishing Co., Ltd.

through HonnoKizuna, Inc., Tokyo, and Future View Technology Ltd.

All rights reserved.

定價 280 元　　　　　ISBN 978-986-137-297-6

若是我們自認為知道，就不會提問，

唯有認為自己不知道或有所不知，才會想問問題。

在這個過程中，提問將使我們更加成長。

——韓根大，《不懂提問，哪來一帆風順》

◆ **很喜歡這本書，很想要分享**

圓神書活網線上提供團購優惠，

或洽讀者服務部 02-2579-6600。

◆ **美好生活的提案家，期待為你服務**

圓神書活網 www.Booklife.com.tw

非會員歡迎體驗優惠，會員獨享累計福利！

國家圖書館出版品預行編目資料

文章寫得又快又好，九宮格寫作術／山口拓朗 著，
黃詩婷 譯.-- 初版 -- 臺北市：究竟，2020.06
208面；14.8×20.8公分 --（第一本；103）
譯自：「9マス」で悩まず書ける文章術

ISBN 978-986-137-297-6（平裝）

1. 寫作法

811.1   109005111